Ángel Vázquez

Se enciende y se apaga una luz

Novela

Premio Editorial Planeta
1962

Planeta

Editorial Planeta, S. A., Córcega, 273-277, Barcelona-8 (España)

1.ª edición: diciembre de 1962
2.ª edición: diciembre de 1962
3.ª edición: diciembre de 1962
4.ª edición: enero de 1963
5.ª edición: mayo de 1963
6.ª edición: setiembre de 1966
7.ª edición: setiembre de 1968
8.ª edición: octubre de 1969
9.ª edición: octubre de 1970
10.ª edición: marzo de 1972
11.ª edición: noviembre de 1972 (edición especial para Club Planeta)
12.ª edición: setiembre de 1973
13.ª edición: marzo de 1974 (edición especial para Club Planeta)
14.ª edición: octubre de 1974
15.ª edición: marzo de 1976 (edición especial para Club Planeta)
16.ª edición: mayo de 1976 (edición especial para Club Planeta)
17.ª edición: setiembre de 1976 (edición especial para Club Planeta)
18.ª edición: enero de 1977 (edición especial para Club Planeta)
19.ª edición: enero de 1978 (edición especial para Interbooks)
20.ª edición: diciembre de 1979 (edición especial para Club Planeta)
21.ª edición: mayo de 1981 (edición especial para Club Planeta)
22.ª edición: setiembre de 1981 (edición especial para Club Planeta)
23.ª edición: marzo de 1982 (edición especial para Club Planeta)
24.ª edición: setiembre de 1982 (edición especial para Club Planeta)
25.ª edición: diciembre de 1982 (edición especial para Club Planeta)
26.ª edición: enero de 1983 (edición especial para Club Planeta)
27.ª edición: abril de 1983 (edición especial para Club Planeta)
28.ª edición: junio de 1983 (edición especial para Club Planeta)
29.ª edición: enero de 1984 (edición especial para Club Planeta)

Depósito legal: B. 36.484 - 1983

ISBN 84-320-0032-9 colección completa
ISBN 84-320-0011-6
ISBN 84-320-5244-2 primera publicación

Printed in Spain - Impreso en España

Megraf, S. A., Ripollet (Barcelona)

Para Magdalena Nile del Río, a quien el mundo entero conoce por Imperio Argentina.

El Autor.

De mi pequeño reino afortunado,
me quedó esta costumbre de calor
y una ligera propensión al mito.

JAIME GIL DE BIEDMA.

de cerdo. Harta de esperar, lo deja caer sobre la hierba. Allí queda tumbado, como un viejo soldado de guerra franco-prusiana muerto estúpidamente en leve escaramuza. Isabel echa a andar de pronto por entre los primeros matojos. Cristina acaba de descubrir una lagartija contoneándose por el borde de la balaustrada. Zohra va detrás, otra vez con el famoso maletín. Julio, poco antes de que el chófer arranque, dice adiós con la mano. A Cristina se le llena entonces el alma de un vago sentimiento, mezcla de ansiada y prometedora libertad con algo de tristeza. En las ramas del árbol ha quedado flotando el conocido perfume de su madre. Ese perfume que se hace el remolón en las habitaciones que Isabel frecuenta.

1958

EL ENTIERRO DE ALICIA es a las tres. Cristina lo ha leído en el periódico. Su madre, sentada a la mesa, mientras se desayuna, lo hojea con impaciencia de viajera.

—¿Has visto, Julio?

Julio mira a su hija. Cristina desvía su mirada posándola con desacostumbrado interés en una vieja litografía que cuelga de la pared del comedor: «Tánger durante la ocupación portuguesa». Isabel, sin maña, quiere cambiar de tema:

—Vamos a tener un verano absurdo. Espero que en Madrid no haga demasiado calor.

El periódico ha pasado a manos de Julio. A Cristina todo eso le parece un juego de niños jugado sin gracia por personas mayores.

—¡El teléfono! —exclama Isabel.

—Es para mí —dice Julio.

Cuando Cristina llega al vestíbulo, ve que en un rincón se amontonan ya algunas maletas. Las puertas de la sala han sido entornadas, como si hubiera muerto alguien. Y los muebles, enfundados. La casa ofrece un aspecto extraño. Y ella, con el periódico en la mano, busca la noticia. Alicia ha muerto.

* * *

Acaba de llegar Consuelo. Julio la abraza. Isabel la acoge con inusitado cariño. Cristina encuentra en los labios maternos el pliegue de una sonrisa irónica. Consuelo tiene cerca de ochenta años. Es alta y seca. El cabello teñido con «henna». Lleva un traje de chaqueta, falda plisada, todo de hilo color de albaricoque. Le está un poco ancho. Se conoce que ella misma se lo ha «arreglado». Tiene un cuello largo, lleno de arrugas, rodeado por un collar de cuentas de cristal color verde botella. La reciben en la terraza, dispuestos a partir.

—Creíamos que ya no vendrías —asegura Isabel.

—Perdí un autobús y luego, con esa maldita cuesta...

Julio llama a Cristina, que se ha quedado en el umbral.

—Mira, Consuelo, ésta es nuestra hija.

Consuelo hace como que sonríe. Tiene una dentadura perfecta. Una dentadura postiza que convierte su mueca en algo expresivo, algo de máscara griega.

—La tuve en mis brazos cuando abultaba menos que una nuez. ¡Quién había de decir que aquel comino...!

—Dale un beso a Consuelo —ordena Isabel.

Cristina le besa. Huele a «Tokalón» y a colonia «Pompeya». Tiesa, con una sombrilla japonesa de papel de las que regalaban en la Feria de Muestras del año 35, cuando la ciudad era internacional, parece un hechicero recién llegado de una tribu lejana.

* * *

Cristina rehúye el recuerdo de una Alicia reciente. Se aferra con entusiasmo a las primeras horas de Consuelo en la casa. La entiende en seguida.

—¿Qué quieres que te prepare para almorzar? —pregunta la vieja.

—Lo que tú quieras.

—¿No eres muy mística para las comidas?

—No.

—Bueno, vamos a ver lo que dice Zohra.

—Consuelo...

—¿Qué?

—¿Ha cambiado mucho esta casa?

Consuelo la mira con fijeza. Luego juega con su mirada a la rueda-rueda, paseándola por el vestíbulo, gozando de la luz que entra a raudales por las puertaventanas que ella misma acababa de abrir.

—No.

Cristina guarda silencio.

De pronto, la mujer se encara con ella:

—¿Cuántos años tienes?

—Dieciocho.

—¿Y tienes novio?

Cristina se echa a reír. Nunca, dentro de aquella casa, le habían hecho semejante pregunta.

—No.

—¿A qué esperas?

—¿No conoces a mi madre?

—Mejor que tú.

—¿No sabes cómo es mi padre?

—Lo he visto de pantalón corto.

—Entonces...

—¿No andas enamoriscada de alguien?

—No lo sé.

—Pues es una lástima.

—¿Por qué?

—Porque te pareces muchísimo a tu abuela.

—¿Cómo era mi abuela?

Consuelo vuelve a cerrar las persianas matando la luz.

* * *

Cristina sube al tejado. Igual que cuando era niña. Hacía mucho tiempo que no visitaba aquel lugar de la casa. Tiene que pasar por el desván, rozar la puerta del nunca visto cuarto de tía Laura, y alcanzar el ojo de buey. En caso de peligro puede agarrarse a la rama de un eucalipto que besa la fachada norte del edificio. Allí, con un trozo de pan untado de mantequilla y mermelada de naranja, vuelve, como en los tiempos de su infancia, a disfrutar de una inefable y maravillosa libertad. La ciudad aparece desparramada entre colinas. Los pinos ya no ocultan el mar, que se ofrece a sus ojos ancho y hermoso, salpicado de minúsculos vaporcillos. Árboles, coníferas en su mayoría, se acumulan en el horizonte formando una especie de estuario. Allá al fondo alguien está quemando hojas secas. Cristina entorna los ojos, ebria de luz.

1944

INFANCIA PARA CRISTINA quiere decir «Nanny Cara de Caballo». Nanny, con sus vestidos encargados a unos grandes almacenes de Londres. Fue ella quien le enseñó las primeras poesías en inglés y le llenó el mundo de ratones escondidos en un reloj, de viejas que vivían en una bota, de Alicia en el país de sus maravillas, de espectros pelirrojos que asomaban el rostro a través de los cristales en las tardes de lluvia. Ella fue quien le preparó un rincón del gigantesco armario ropero que había en el piso alto.

En aquel armario, que estaba en el pasillo, tendida sobre un viejo cojín de felpa, a la luz de una linterna comprada en un *bakal*, jugando a la noche en pleno día, Cristina devora libros que forman su pequeño mundo. En aquel armario Cristina llora desengaños de infancia, mientras su madre, abajo, en la terraza, toma el té con las amigas. Allí estudia sus primeras lecciones y proyecta fantásticas escapadas que nunca pasan de una enloquecedora carrera algo más allá de los pinos.

A Nanny la despidieron una tarde de finales de marzo. Isabel, que la venía vigilando desde hacía algún tiempo, termina por sorprenderla en el garaje con

Bebssán, el chófer moro. Ni que decir tiene que la dueña de la casa pone el grito en el cielo. Y que aquella noche la discusión con Julio habría de ser el principio de una ininterrumpida discordia entre ambos esposos.

—¿Lo estás viendo, Julio? Como una perra. Y ni siquiera con uno de los nuestros, la muy desvergonzada. Sino con un hereje. Uno que no es de su religión ni de su raza. Ya te dije yo que no quería inglesas en esta casa.

—Pues bien que te ufanas cuando te invitan a uno de sus aburridos *parties*.

—¡Claro, porque es distinto! Cornelia Perkins es una señora.

—Habría que tener ganas para acostarse con ella.

—¡Julio!

Isabel entorna los ojos y el cuello se le pone como el de los pavos:

—Ya lo sabes: Nanny queda despedida. Y tú verás lo que piensas hacer con el individuo.

—¿Con Bebssán? Nada. No pretenderás que lo despida. Es un buen chófer, honrado. ¿Qué culpa tiene él de que se le pongan por delante ciertas cosas? Un hombre...

—¡Basta, Julio! —corta Isabel de un manotazo.

Dejaron de hablar unos minutos. El marido rompe el silencio para preguntar:

—¿Y la niña? ¿Qué hacemos con Cristina?

Cristina ha huido al armario. En el cuarto de Nanny

la luz está encendida. Por la ventana que hay al fondo del pasillo aparece un cielo cuajado de estrellas. Lejos, allá en la ciudad, se oyen flautas y chirimías, porque es el mes del Ramadán.

* * *

Cristina parece un perrito sin amo. Se pasa gran parte del día en la cocina, con Basilia y Auicha. Bebssán se ha marchado sin despedirse. Ha encontrado un puesto de chófer en la Legación inglesa. Julio está furioso. Detesta conducir, y además le han echado una multa por ir despacio. Aquella tarde vuelve a casa antes de las cinco. Al entrar en la sala oye que su mujer dice:

—Esto no puede seguir así.

Isabel se halla sentada en una butaca, con una labor de punto abandonada sobre la falda. Es entonces una mujer gruesa, de mediana estatura, que acostumbra usar zapatos de tacón alto. Tiene el cabello casi rubio, unos ojos claros, de pupilas de un azul líquido; una boca pequeña, una nariz un tanto larga, sin llegar a aquilina, y una papada discreta que presta a su perfil una gravedad monárquica. Abusa de las chaquetas de punto y de las blusas de toda clase. Siente una trágica adoración por las faldas de tejido auténticamente inglés, pero en cuanto llega el buen tiempo se convierte en un pájaro exótico de plumaje alto en colorido. Julio viene cansado. No trae ganas de hablar.

—¿Qué te pasa? —pregunta Isabel.

—Nada. Jaleos. Esos malditos alemanes están perdiendo la guerra.

—¿Y cuándo termina? —inquiere la mujer con premeditado e irónico descuido.

—No creas que ha de tardar mucho. Y hemos cometido la grandísima estupidez de asociarnos con Schüder. Todo por culpa de tu hermanito.

—Cuando las cosas te iban bien, no decías eso —comentó ásperamente Isabel.

—Era diferente. ¿Quién adivinaba lo que iba a ocurrir? Pero ahora... Seguro que nos tienen puestos en la lista negra. Menos mal que ha sido Cogan quien ha dado la cara, porque mira tú que un inglés en la lista negra...

—Tu madre era española, Julio. Y tu padre, al fin y al cabo, había nacido en Gibraltar.

—El pobre Cogan tiene el hígado hecho polvo.

—Un judío...

—Justamente. Un judío haciendo negocio con los del Eje.

—Bueno, con tal de hacer negocio... Él habrá puesto el nombre. Pero el dinero lo has puesto tú.

—Sí. Eso es lo malo.

Julio se pasea por la habitación, con los brazos detrás de la espalda. Es corpulento y alto. Tiene unas manos gordezuelas, con dedos velludos que parecen enanos de mal humor. Unas cejas espesas. Un rostro ancho, de nariz aplastada. Labios gruesos y ojos indefinidos que se esconden tras el cristal de unas gafas. Es un dolicocéfalo de cabellera casi abundante.

Cristina entra seguida de Radia, la hija de Auicha. Radia es una chiquilla espigada y morena, de cabello muy negro, cogido por una larga trenza. Lleva una especie de túnica de organdí atada a la cintura por una faja de seda azul cobalto. Las dos niñas saltan al diván.

—¡Llévatela! —grita Isabel, exasperada—. Me va a llenar el diván de piojos. Ya te he dicho que no quiero que juegues con ella.

Cristina mira, sin comprender, a su madre. Tiene cuatro años largos. Radia la mira también. Un año más que Cristina y mucha fiereza en el mirar. Ella comprende. Se marcha callada, con la cabeza baja.

A Cristina se le saltan las lágrimas. Quiere seguir a su amiga, pero la madre la retiene:

—¡Quédate aquí!

Julio abandona la habitación mascullando cosas.

* * *

—Esta niña no sabe rezar —lanza Isabel sin venir a cuento, mientras Julio se pone en el vestíbulo el sombrero y los guantes. Son las nueve de la mañana y ha amanecido nublado. Cristina vaga en torno a sus padres con cara de aburrimiento.

—Sí sé —afirma la niña—. Rezo en inglés. Le rezo al Niño Jesús, que vive en una nube. Y mi cama, de noche, es un barco.

—¿La estás oyendo, Julio? Las estupideces que le ha enseñado la inglesa.

—Mujer, a los cuatro años no se le puede hablar de Dios con la severidad que tú pretendes.

—A los niños hay que inculcarles el temor de Dios.

—El temor...

—Mira, Julio, más te valiera ir a la iglesia. A lo mejor ganaban la guerra los alemanes.

* * *

Trajeron una muchacha española para acompañar a Cristina. Se llamaba Araceli y había nacido en un pueblo de la provincia de Málaga. Tenía un acento peculiar, parecido al mejicano, que hacía gracia a Julio y molestaba a Isabel. Pero se la habían recomendado las Adoratrices, y eso bastaba. No era guapa Araceli. Con un color de piel aceitunado, un cabello negro y grasiento, muy lacio, que se recogía en un moño. Unos ojos penetrantes, febriles, enmarcados en un rostro ovalado y pequeño. Eran unos ojos de mirada inquieta. Desproporcionada, ancha de caderas y de pecho hundido, sus movimientos y gestos carecían de gracia. Bordaba «como los propios ángeles» y cantaba, bronca de voz, extrañas retahílas folklóricas, leyendas de la sierra que hablaban de lobos, de pastores y de anocheceres andaluces. Era descuidada en el vestir. Se peinaba de mala gana, hasta el punto que Isabel tuvo que llamarle la atención, porque cuando se decidía a hacerlo solía dejar en el peine un racimo de pelo. Más tarde, lo que era peor, por aparentar una limpieza que no sentía, los envolvía en un papel cualquiera, que luego dejaba caer en cualquier parte. Como un día, que lo olvidó encima de la cama de su dueña y señora, quien, sin embargo, consideraba todo aquello mucho menos terrible que la solución que Nanny había dado a su insoportable problema fisiológico.

* * *

Por las tardes, Araceli llevaba a Cristina al convento de las Adoratrices. Iban en el auto conducido por el chófer nuevo, Hamú, hasta entonces ordenanza de «Cardovan & Cía». Era Hamú un hombre mayor, de malas pulgas. Julio estaba contento con él porque resultaba un despide-gente. Le quitaba de encima muchos quebraderos de cabeza y muchas latas. En particular a los pobres, a los que venían a pedir favores, porque tenía un excelente olfato para conocer a los hobres. Sabía cuáles eran los que podían resultar interesantes para su amo y cuáles no. Era el clásico musulmán adaptado a la dulce esclavitud del colonialismo.

En el convento enseñaron a rezar a Cristina. A rezar en serio. A rezar como los loritos. A fuerza de pañuelos bordados y tazas de chocolate con pastas que hacían las propias monjas. Luego Araceli la llevaba al jardín de enfrente, un jardín público en el que los niños tomaban el sol comiendo arena. La ciudad tenía pocos jardines, y en cuanto llegaba el verano resultaba imposible estar en ellos porque con la maldita costumbre colonial francesa de no saber lo que es un árbol, el sol hacía de las suyas y algunos niños morían de insolación por no encontrar un banco con una palmera. Por otro lado, Isabel detestaba la playa (hombres y mujeres desnudos juntos, cielo azul y mar).

En aquel tiempo las visitas al armario eran frecuentes, y como ya había empezado a leer en castellano, devoraba con delicia insulsa los cuentos de Pipo y Pipa, y los minúsculos cuadernillos de Calleja que Isabel conservaba absurdamente en un secreter del cuarto de costura.

* * *

Igual que el lomo de una rata muerta se perfila en el horizonte nimbado por la extraña luz del anochecer, la fascinadora silueta del Monte. Una parte de cielo se ha teñido de rojo. Declina el sol y aparecen recortadas las copas de los árboles. En la falda de aquella especie de gigantesco roedor chispean las luces de los chalés, de los achatados *bungalows*, de las residencias suntuosas, mientras los faros de los automóviles salpican con nerviosismo de lentejuela los numerosos vericuetos y la ancha carretera. En un pedazo de cielo queda algo de azul, en tanto que allá, al fondo, por encima de una estrecha franja de color ocre, aparece colgada una estrella.

Cristina asiste con ojo extasiado al espectáculo grandioso y callado de aquella agonía, arrodillada en el asiento frío de un banco de piedra, sosteniendo en una mano el tallo de una pasionaria. Se ha cansado de jugar. En el jardín todo son sombras. Han empezado a cantar algunos grillos. Los niños, los pocos niños que quedan después de la puesta del sol, acuden dóciles y rendidos a las llamadas de las mujeres. Araceli y un quinto, novio de ella, se han convertido en un solo monstruo acurrucado bajo la estrambótica sombrilla de unos adelfos, de los que se desprende un aroma dulce. Toda la tierra huele extrañamente. Exhala una mezcla caliente de algo.

—¡Claudine! ¡Humberto! Vamos. Ya está aquí papá. Andad, que es muy tarde. Anda, Anette, aligera, que va a venir el hombre que saca la mantequilla.

Los chiquillos se apresuran en torno a alguien.

Uno pregunta:

—Mamá, ¿qué tenemos para comer esta noche?

Y la madre, con voz ronca y gesto de cansancio —ese cansancio de las madres pobres— comenta con acritud:

—Eso es lo único que se cría en el campo: ¡hambre! Vamos ya...

Y tira del niño, que se deja arrastrar en silencio.

* * *

En el jardín hay un rincón siniestro. Es la caseta del guarda. Los niños huyen de aquel recinto, amedrentados por la voz tormentosa del hombre que, siempre escondido en la penumbra de su refugio, sólo deja entrever su rostro con el brillo de unos ojos viejos y las arrugas enrojecidas de la frente cada vez que lanza una chupada al cigarrillo. Cristina, a sus años, aprovecha el color de la noche para aproximarse con un entusiasmo agigantado a la casuca del guarda. Antes de alcanzar el boj de helechos, oye la voz de alguien que la llama. La chiquilla se vuelve asustada. Es una voz que no se espera.

—Cristina... *Darling*, ¿no te acuerdas de mí?

La figura que está sentada en un banco de piedra frente a ella quiere recordarle a su vieja institutriz. Aquella Nanny Cara de Caballo.

—¿Eres acaso Nanny?

—Sí.

Cristina se pone de puntillas para besarla. Hay en su gesto de niña un no sé qué de rito.

—¿Qué haces en este jardín tan tarde? —pregunta la antigua institutriz.

—Esperamos al chófer. Siempre viene a las seis por nosotras, pero hoy no sé lo que le pasa —explica la niña.

—Ya... —vacila Nanny.

Y luego permanecen calladas unos instantes, hasta que Cristina pregunta de pronto:

—¿Y Bebssán el moro?

—No lo sé.

—¿No vive contigo?

—No. Se marchó. Tenía otras mujeres.

La respuesta a Cristina le parece estupenda. Hay un misterio en ella. Otras mujeres. Otros juguetes. Otras muñecas. Pero en el rostro de Nanny, desdibujado por la noche, adivina una mal disimulada tristeza.

—¿Qué haces ahora?

—Trabajo en la clínica de míster Lawson. Pero el mes que viene vuelvo a Londres. Ten, *darling*.

Y al decir esto saca de la bolsa de lona, la que lleva estampada unos monstruosos heliotropos, un caramelo de fresa. La niña lo acepta con entusiasmo. Va a decir algo cuando la llaman.

—Adiós, Nanny —saluda la niña.

1945

Se acerca octubre. Cristina tiene ya cinco años. La guerra ha terminado. Julio, para librarse de lo de la lista negra, ha tenido que soltar un buen puñado de dinero. Ahora anda siempre de pésimo humor. Isabel, absorta en sus pequeñas ceremonias. Cristina, todo el tiempo leyendo.

—Julio, he inscrito a la niña a un colegio —confiesa la mujer una noche, mientras cenan cerca de la puerta vidriera y la casa se llena de mosquitos.

—Y yo he tenido que vender la propiedad de los Suanis —anuncia Julio.

—¿Estás loco?

—Sí, querida. Y por una miseria. Sólo el terreno valdrá dentro de un par de años una fortuna. Pero había que salir del atolladero. Además, hay a la vista un negocio estupendo. Con los americanos.

Isabel comienza a deshacer migas de pan, que deja caer lentamente sobre el plato, simulando una pobre nevada.

—Pues como te decía... Esta mañana bajé a la ciudad. A mis cosas —aclaró con tonillo irónico—. Y aproveché un momento para inscribir a la niña en un colegio. Ya está en la edad. Y aquí se pasa todo el día leyendo cosas absurdas que tú te dejas olvidadas en el sillón de tu despacho. Y escondiéndose con los libros robados en los lugares más excéntricos. ¿A que no sabes dónde la hemos encontrado hoy?

—En el famoso armario.

—No, ¡quia! Debajo de un macizo de hortensias. Dormida. Con una novela de Hemingway debajo del brazo, como si fuera un oso de peluche.

Julio se echa a reír y mientras enciende un cigarro pregunta:

—¿Y en qué colegio la has inscrito?

Isabel vacila. Deja de martirizar el trozo de pan que hasta hace poco tenía en una mano.

—Pues en el que más nos conviene de momento. Ya sabes que es el más económico y el que está más cerca.

—El de las monjas, ¿no?

—Sí —susurra Isabel.

—De acuerdo. Lo importante es que se ponga en contacto con otras niñas. Que conozca otras caras.

—Sólo se tratará con las niñas de su misma condición social, Julio. Me lo han asegurado las profesoras... Las niñas pobres tienen horas distintas de recreo, y ocupan la planta baja del colegio.

—Ya. ¡Bravo, Isabel! Te felicito. Que nuestra querida Cristina no pierda el brillo de su *pedigree*. La hija de un vendedor de galletas y de una provinciana con pretensiones de duquesa sólo debe codearse con las hijas de otros vendedores de productos más o menos alimenticios, o con las de algún militar o empleado de banco. Y, naturalmente, si al colegio va la hija de alguna aristócrata descarriada, sería prodigioso, maravilloso... Poder invitar a una condesa a tomar el té una tarde y convencerla de que debe pertenecer a la Junta de Damas Azules y salvar a todos los pobres católicos de la ciudad del inminente y desgraciado pecado del alcoholismo.

—No es eso, Julio. Tú no lo entiendes. Es una cuestión de principio.

—No. La verdad es que no lo entiendo.

Al levantarse, Julio oculta unos momentos con su cuerpo la luz que despide la lámpara y en torno a la que danzan múltiples insectos. Abandona la habitación.

—¿No vas a tomar café, Julio?

Pero el marido no contesta.

* * *

—Eso es lo que quiere, Magda —dice una mañana Isabel por teléfono a una amiga secreta—. Que mandemos a la niña a uno de esos colegios mixtos donde niños y niñas de todas las religiones y de todas las razas andan sueltos, sin vigilancia de ninguna clase, como lobitos. No. Claro. Si no fuera porque mi formación religiosa es consistente, que si no, no sé adónde iríamos a parar. Si las madres no estuviéramos al quite para cuidar de la moral de los hijos...

Cristina vuelve al jardín, cansada de la voz de su madre. Julio llega a las doce, con un cigarro en la boca. Un cigarro de marca. Isabel se halla sentada en la terraza, para disfrutar del sol de septiembre, mientras termina una de sus intrincadas labores de punto. De la cocina se escapa un olor suculento a comida. Por la parte del mar llega una brisa fresca que mece los geranios y levanta el flequillo que se ha dejado Isabel. Eso la obliga a pasarse la mano por la frente de vez en cuando, como si viviera en una constante pesadilla. Julio se acerca a su mujer canturreando. Isabel lo mira asombrada.

—¿Qué te pasa?

El hombre toma la barbilla de su mujer, le alza casi a viva fuerza el rostro y estampa en su frente el chasquido de un beso. Luego quiere levantarla en vilo, como cuando eran jóvenes. Pero Isabel, que no tiene ningún sentido del humor, se pone colorada, y llena de cólera grita:

—¡No me toques, Julio! Vienes apestando a *whisky*. Te prohíbo terminantemente que pongas encima de mí tus asquerosas manos...

Julio se aleja unos pasos. Pero no por ello pierde el optimismo. Al contrario, aparta de sus labios el cigarro, y deja caer la ceniza en la corola de una rosa «Président Hoover». Luego explica:

—Vamos a ganar un dineralazo.

—Falta nos hace. Tengo que tapizar el *chintz* toda la sillería de la sala. Arreglar el porche. Y transformar por completo el cuarto de baño.

—Mira —señala Julio hacia un paquete, que al llegar había ocultado en un jarrón de barro en el que en un tiempo hubo sembrado un matojo de madreselva.

—¿Qué es eso?

—¡Adivínalo!

—No estoy para charadas.

Julio desenvuelve el paquete —hojas de un *Herald Tribune* atrasado— y extiende con ademán de prestidigitador de gran clase, las dos piezas de tela que se desenrollan al sol de la mañana como traviesas culebrinas de vivos colores. Isabel acaricia el tejido con gesto de entendida.

—¿Qué es eso, Julio? Parece popelina. Pero no. No es popelina. Y es muy bonita. La de cuadritos azules y blancos me gusta más que la de amarillos.

Cristina, que aparece de no se sabe dónde, se acerca. Se deja besar por su padre y luego se queda mirando. Afirma lo que siempre han afirmado los niños:

—Esto es para mí —y luego roza con sus dedos una de las piezas de tela.

—Sí, nena —le confirma el padre.

—No estaría mal la idea de hacerle unos «babis» para el colegio... —propone ligeramente Isabel.

—Una idea estupenda —puntualiza Julio.

Cristina contempla arrobada aquellas dos anchas fajas de tela, que se mezclan una con otra, forman curiosas arrugas y caen como agotadas por un cansancio imaginado sobre un sillón de mimbre, a la sombra de las acacias. Son como dos alegres comadres tumbadas al perezoso sol del mediodía

—¿Dónde las has comprado, Julio? —pregunta Isabel.

—No las he comprado. Son una muestra. Esto viene de los Estados Unidos. Y se venderá al peso. Por kilos. Como las manzanas. Será la última novedad. Todo el mundo creerá que resulta mucho más barato. Y ganaremos montañas de dinero.

—¡Dios mío! ¿Y sólo traerán popelina? —se apuró Isabel.

—No, si esto no es popelina. Esto es nylon. Y además traeremos orlón, dacrón, tergal...

—No entiendo una palabra... —sonrió, satisfecha de su ignorancia, la mujer.

—Nuevas materias que proporcionan a los tejidos impermeabilidad, los hace ininflamables, inarrugables, y entonces no hay que plancharlos, claro, y a lo mejor ni siquiera lavarlos. Cuento. Un producto de la posguerra. Cuento americano. Ya verás.

—Pues, hijo, donde se ponga una buena pieza de seda cruda...

Cristina sólo piensa en sus «babis».

—Mamá, ¿y qué más?

—Como todavía hace calor, un sombrerito de paja que he visto esta mañana en Galerías Lafayette.

—¿Y cuándo voy al colegio?

—Irás el cinco de octubre. Después de la festividad de San Francisco.

—¿Y cuándo es el cinco de octubre?

—Dentro de quince días.

Cristina vuelve a esconderse debajo de su macizo de hortensias.

* * *

Poco antes de que termine el mes, hace venir a la costurera. Llega una mañana en que, como siempre, el cielo ha empezado a nublarse. Hace un calor insoportable. Cristina la descubre en el cuarto de la plancha, especie de leonera rectangular pintada de cal azul claro. La ventana, altísima, da al mar. La mujer está sentada en una silla de anea, muy cerca de la máquina de coser. El suelo de aquella estancia es de losetas rojas.

—El veranillo de los membrillos... —murmura en aquellos momentos la costurera, con una voz cascada que entusiasma a Cristina. Es ya vieja. Lleva el cabello recogido en un moño. Todo blanco. Cara menuda, salpicada de arrugas, y unas antiparras que le cuelgan milagrosamente de una nariz respingona. Los ojos son muy pequeños, como dos granos de café. Y la boca también diminuta, con una lengüecita que parece de gato, y que en aquel instante saca para ensartar la aguja.

Viste con pulcritud una bata de percal estampado, con delantal de sarga de amplios bolsillos. Bolsillos que despiertan la curiosidad de la niña porque de ellos ha sacado una lata de té en la que guarda el dedal, las agujas, las tijeras y un acerico de fieltro en forma de corazón. Calza unas zapatillas de felpa roja, y las piernas las lleva enfundadas en unas medias grises de algodón. En lo alto de la cabeza se ha colocado un geranio de color sarmiento, que había arrancado al vuelo cuando pasó por el jardín. La niña entra en el cuarto y ella alza la vista.

—¿Qué haces aquí? Dirás que estoy tonta porque me has pillado hablando sola.

Cristina se asombra. Se siente intimidada en sus propios dominios por aquel timbre de voz.

—¿Dónde vives? —le pregunta, con la esperanza de una respuesta absurda. Por ejemplo: que viva en el tronco de un árbol.

—Allá en los mil demonios —le contesta con misteriosa vaguedad la mujer—. ¿Y tú? ¿Eres de la casa?

La niña sonríe:

—No. Yo vivo en aquel armario.

—Haces muy bien. En una cajita de madera terminaremos todos.

A Cristina le entusiasma la idea de terminar en una cajita de madera como si fuera un kilo de pasas de Corinto.

—¿Me vas a hacer los «babis»?

—¿Son para ti?

—Sí. Voy al colegio la semana que viene. ¿Te gustan?

—No están mal. Para los años mozos. ¡Quién los tuviera!

—¿Yo tengo años mozos?

—¡Claro! Tú eres un retoñillo. ¿Cuántos tienes?

—Cumpliré seis dentro de poco. Seguro.

—Cuando yo tenía tu edad, ya había visto el cometa y habíamos perdido la guerra de Cuba. ¡Qué de cosas!

A la chiquilla le sorprende aquella especie de soliloquio.

—¿Me puedo quedar contigo?

—Si no vas a dar mucha guerra...

—No.

La vieja la mira.

—Pareces una niña buena.

Cristina se enfurruña y protesta:

—Ya soy mayor.

—¿Cómo los quieres? —pregunta la costurera de pronto. Casi sin venir a cuento.

—¿El qué?

—Los «babis», tonta. ¿Estás en las nubes?

—No sé. ¿Mi madre no te ha dicho nada?

—Yo con tu madre no me entiendo muy bien, hija. A mí no me han explicado nada de «babis».

Cristina siente una ligera punzada en el pecho. Le horroriza la idea de pensar que han podido olvidarse de ella.

—Espera, voy a llamar a mamá.

Pero la viejecita la detiene.

—Deja. No te molestes. Ya sé cómo tienen que ser los «babis». Con dos bolsillitos delante y que se abrochen por detrás. Y con un poquito de vuelo para que tengan gracia. Y más bien cortos para que te asomen los vestidillos y por la falda se vea que eres niña rica.

La viejecita habla y habla sin dejar de dar puntadas, mientras un rayo de sol se quiebra en el regazo de su bata de percal, como si fuera la sombra luminosa de un hijo. Las antiparras parece que van a estrellarse de un momento a otro contra las baldosas rojas, y a la niña no se le ocurre otra cosa que imaginarse una granizada de cristalitos blancos. De la silla de anea salta a la Singer como si fuera un tití.

—¿Tienes hijos? —quiere saber Cristina.

—Uno tuve.

—¿Se murió?

—Me lo mataron.

—¿En la guerra?

—No. En la calle.

—¿Cuántos años tenía?

—Siete.

—¿Y cómo era?

—Rubio, con los ojos verdes. Igualitos que los de su padre, que en Gloria esté.

—¿Le gustaba jugar?

—Mucho.

—¿Y a qué jugaba?

—A la guerra.

—¿Tenía muchos juguetes?

—Ninguno. Éramos pobres. Pero lo que más le gustaba eran los caballos de cartón.

—¿Le compraste alguno?

—No.

—¿Por qué?

—Porque un caballo de cartón cuesta caro.

—¿Por qué te lo mataron?

—Porque sí. Porque había llegado su hora. Una mañana de domingo, yo acababa de bañarlo y vestirlo. Me acuerdo que llevaba unos pantaloncitos de pana y una camisa blanca. Y al cruzar la acera para ir a la iglesia, me lo mató un coche de caballos.

—¿Sí?

—Sí. Un coche de gente rica. Yo no me enteré hasta más tarde. Aquel día me había ido a coser a casa de una inglesa. Y vinieron a buscarme las vecinas. Y me llevaron al dispensario. Allí estaba mi niño, con la cabecita vendada y una sonrisilla en los labios, la misma que ponía cuando se quedaba dormido.

—¿Y no estaba dormido?

—No. Estaba muerto. Y aquellos señores, que eran muy ricos, le pagaron un entierro de primera. Y me dieron algunos billetes. Y duros de los de entonces. Y mi Lisardo tuvo un buen entierro, sí, señor.

—¿Cómo fue?

—Con la cajita de terciopelo blanco, forrada por

dentro de raso celeste. Y las coronas eran todas de claveles, que debían costar un dineral.

—¿Por qué claveles?

—Cosas de gente rica.

—¿Y no le compraste un caballo de cartón?

—No. No puedo verlos. Ni en pintura.

* * *

Llegó el ansiado día. Cristina consigue reunir, en una cartera de box-calf, un cuaderno, una caja de lápices de colores, un sacapuntas y una pizarra con su esponja. Sin contar una inquieta alegría a cosa nueva. Ante un espejo con los bordes pintados de blanco que hay en el cuarto de baño, se admira vestida. Para empezar, han decidido que aquella primera semana lleve el «babi» de cuadros azules y blancos. El sombrero es de paja, con cuatro flores silvestres, y le hace la cara pequeña, enmarcando con envidia de crío la impaciencia reflejada en su rostro. Los cabellos sueltos y una inconstancia en todos sus gestos la convierten en un diminuto pegaso dispuesto a batir alas y lanzarse por el azul de la ventana.

—¿Vamos? —le grita la madre allá abajo, en el vestíbulo. La luz llega a romperse en la luminosidad del techo, atravesando como un dardo el hueco de escalera, desafiando el infinito de la mañana. La niña se apoya unos instantes en la baranda, sin decidirse a bajar, presa de una angustia indecible. Conocer caras nuevas, nuevas voces y rincones ajenos a su mundo de todos los días. Le flaquean las piernas y está a punto de echarse a llorar.

—¡Cristina!

La voz de la madre la obliga a bajar de prisa la escalera. A olvidar por unos minutos aquel miedo inexplicable que por primera vez en su vida la asalta con caricia de mano descarnada. La novedad, el misterio, la aventura, una fuerza invisible la empuja escalera abajo. Y ya en presencia de su madre, el convencimiento de que ha quedado atrás el peligro.

—¿Vienes conmigo, mamá?

—No. Te llevará Hamú en el auto.

—¿Y luego irás por mí?

—No seas idiota, querida. Hamú te recogerá.

Poco antes de atravesar la verja Cristina se vuelve, alza la vista hacia la balaustrada, fija sus ojos en el porche, con la esperanza de que Isabel esté allí, haya salido a despedirla y agite la mano en señal de saludo. Pero sólo ve un gato tendido en el primer escalón, ocupado en lamerse el vientre, de un color rosa pálido.

* * *

El colegio se halla emplazado en un lugar terrible. En pleno mercado. Ahogado entre almacenes de frutas y verduras. Próximo a las pescaderías. La puerta que sirve de entrada no es de fácil acceso. Imposible en auto. Las dificultades para aparacar son enormes, por la estrechez de las calles y el hacinamiento de puestos. Hamú se pone furioso. Termina por dejar el auto donde puede y tomar a Cristina de una mano. Hay que subir por una escalera bordeada de tenderetes, en los que venden especias. La diversidad de olores es tanta y tan prodigioso el colorido de todo aquello, que la niña, fascinada, llega a marearse. Por fin se encuentran ante un portalón de aluminio a medio entornar y allí, sin esperar más, Hamú la suelta de la mano y la deja sola.

De nuevo vuelve a convertirse para Cristina el suelo en la superficie sin fondo de un lago. Avanza por un camino empedrado, cercado de eucaliptos, espiada por otras niñas que andan desparramadas entre la sombra de los altos árboles. Llevan unos horrorosos uniformes que a ella quieren parecerle negros. El sendero es largo y difícil, como si nunca se fuera a alcanzar los peldaños que llevan a la puerta principal. Escalera de mármol. Y arriba, en el último tramo, la espera una monja con las manos escondidas en las mangas del hábito. Y que, por culpa de uno de esos complicados juegos de luz y de sombra que fabrica el viento con las ramas de los eucaliptos, parece haber perdido en aquellos instantes el rostro.

—¿Tú eres la niña que vive en el Monte? Ven conmigo.

Y aparecen inmensos corredores, llenos de luz a

ratos y a ratos sumidos en una penumbra dulce. Cristina va detrás de la franciscana, cuyo rostro no consigue entrever. Procura igualar sus pasos. Pasan ante infinidad de puertas cerradas. Sólo una entreabierta, de la que sale un violento perfume a flores secas. Cristina aligera el paso.

—Es la capilla —susurra la monja, que a veces, siempre dependiendo del juego de luz o de sombra, es alta, muy alta, o baja y ancha como una tortuga gigante de los mares del Sur. Se detienen en una parte del pasillo, ante una puerta de cristal esmerilado. La monja llama antes de entrar.

—Sor Montserrat, aquí le traigo a la niña nueva. A la niña que vive en el Monte. —Y sin volverse, sin que Cristina pueda ver su rostro, pregunta—: ¿Cómo te llamas, hija?

—Cristina.

—Se dice para servir a Dios y a usted —y empujándola hacia una mesa de caoba con aires de ataúd, la franciscana que no tiene rostro abandona el despacho. Tampoco logra la niña ver con claridad la figura que, sentada tras aquella mesa, le resulta misteriosa.

—¡Siéntate, o acércate! No te veo. Debes de ser una niña muy pequeñita. ¿Sabes una cosa? Las más pequeñitas son las que con más facilidad entran en el cielo.

Aquella voz tiene gafas. Y cuando por fin descubre el rostro, deja de cavilar en su inquietud. Es una mujer gruesa, sonrosada, transparente.

—¿Cuántos años tienes?

—Seis.

—¿Sabes leer?

—Sí.

—Bueno. Te mandaremos a primera. ¿Y escribir?

—Un poco, sí.

—Se dice sí, hermana; o sí, madre; o sí, Sor Montserrat.

—Sí, hermana; sí, madre; Sí, Sor Montserrat.

La religiosa se echa a reír y Cristina repite en su mente aquellas palabras, convencida de que se trata de un juego.

—Dame la mano.

Obedece. De aquella mano se desprende un calor amable. Calor de hogaza de pan. Una vez más es llevada a través de largos corredores, hasta hacerla entrar en una de aquellas aulas de puerta cerrada, que se abre sin ningún sigilo ante la presencia arrolladora de la franciscana. Es una habitación grande, iluminada por tres ventanas que dan a una especie de patio abierto. Está llena de niñas de uniformes de color azul marino. Niñas sentadas en altísimos pupitres de madera, que se levantan en cuanto aparece la monja en el umbral. De aquel patio abierto llega, atraído por el viento, un intenso aroma a café tostado, y el ruido monótono que produce la máquina del tostadero trae al recuerdo de Cristina el de los vaporcitos que atraviesan el estuario allá en su casa del Monte. Pero en cuanto deja de soplar el viento, huele a tinta, a cadaverina y a orines. Sin contar con las flores secas.

—En ausencia de nuestra madre superiora soy yo la encargada de presentar a la nueva alumna. Di cómo te llamas, hija. Anda. Se lo dices primero a la hermana Concesa, quien va a ser tu profesora. Y luego a todas tus compañeras de clase.

Cristina asiste horrorizada al desprendimiento de aquella mano cálida, convencida de que al perder todo contacto con ella caerá en el vacío.

Sor Concesa es una mancha abstracta sentada ante una mesa. Y la niña no sabe si las palabras que ella pronuncia salen de su boca, si de verdad son sus labios los que se mueven.

—Más alto, hijita. Que te oigan ahora todas sus compañeras.

—Cristina Cardovan.

—¿Cómo?

La puerta, al cerrarse, produce un chirrido que a ella le parece el graznar de una bandada de cuervos cuando emprenden el vuelo.

—Cristina Cardovan —grita sin gritar, desprovista de toda seguridad.

—Cristina Cardovan, siéntate, por ahora, en el banco del fondo. Junto a Laurita Olcedo. Y otra vez que se te pregunte el nombre habrás de decir: Para servir a Dios y a usted... Porque siervos del Señor somos.

Las niñas, con uniformes de un azul que parece negro, lanzan frases cortadas al paso de la nueva. El aula se convierte en un vendaval de murmullos. Frases agudas. Una de ellas tira la primera piedra. Al pasar Cristina junto a su pupitre, de un manotazo le arranca el sombrero, que va a parar al otro extremo de la clase.

—¡Mal educada! Al colegio no se viene con sombrero —le grita con voz de falsete.

—¡Martes de Carnaval! ¡Domingo de Piñata! —chilla otra.

Y mientras la niña busca, atolondrada, su sombrero, las voces repiten alocadas en torno a ella:

—¿Me conoces? ¡Máscara!

A través de las lágrimas, la niña intenta mirarse el «babi» de cuadros azules y siente por primera vez la punzada grave que da la enfermedad del ridículo.

—Cristina Cardovan, venga usted aquí. Venga, venga. Acérquese.

Sor Concesa, al ver el griterío que se ha formado y el alboroto que arman sus alumnas, llama a Cristina antes de que alcance su ansiado puesto en el pupitre. La chiquilla desanda los pasos andados.

Para la niña la monja no es más que una mancha confusa traspasada por la neblina de sus lágrimas, como esos castillos fantasmales que con tanta frecuencia figuran en las láminas de sus libros de cuentos.

—¿Qué significa esto? Traiga ese sombrerito. Las florecillas se las vamos a arrancar para que adornen el vestidito del Niño Jesús. Y le va a decir a su mamá que aquí no se viene a una feria de vanidades, sino a un colegio de religiosas. Que tiene que venir vestida como sus compañeras.

La mañana, la primera mañana de colegio, transcurrió para Cristina larga, muy larga, con frecuentes huidas imaginadas al jardín de su casa, y del jardín al macizo de hortensias y allí, con los ojos entornados, apreciar mejor el ruido de un vaporcito cargado de manzanas que por lo visto se ha quedado estancado en las tranquilas aguas del estuario.

* * *

Julio ha estado fuera unos días. A Cristina la llevan y la traen del colegio en taxi. Del extranjero comienzan a llegar a la ciudad, en cantidades desorbitantes, toda clase de productos alimenticios. Isabel, cuando no anda enfrascada en una de sus obras de caridad, se encuentra en la ciudad recorriendo las tiendas de ultramarinos, a la caza de vistosas latas de conservas, brillantes tarros de cristal con el más absurdo contenido, y cartones gigantescos y chillones hinchados de todo lo que en este mundo pueda parir la fécula o el gluten. Luego organiza entre sus amistades —de círculo restringido— las más recalcitrantes cenas frías, con cangrejos del Cáucaso, pollos *casher* del Canadá, hígado de pato silvestre cazado en las lagunas de Escocia, pepinillos a la vinagreta cosechados en Boston.

Cristina llega cansada del colegio. Harta de ese contacto humano con otras niñas que ella no entiende. Es entonces cuando con más agrado busca refugio en el armario. Nadie se preocupa por ella. A nadie se le ocurre llamarla para que meriende. Algunas veces toma la determinación de echar un vistazo por el *office*, registrar las alacenas y devorar galletas digestivas que roba de un paquete ya abierto y destripado, en un descuido de Isabel. Con un puñado de galletas y un libro cualquiera mitiga la falta de calor, la ausencia de una voz que responda a sus interrogaciones, a sus monólogos hinchados de preguntas. En la casa no hay nadie que siga las reglas del juego. Cuando menos lo espera, y en particular cuando se enfrenta con el espejo, se le aparece ante los ojos la imagen de una chiquilla con uniforme oscuro. Horrorizada, ahoga un grito y sale de estampía. Julio llega de su viaje hecho polvo. Ha tenido un pinchazo cuando ya estaba cerca de la ciudad. Al oír voces en la terraza, se desliza con sigilo por la parte baja de la balaustrada y entra en la casa por la puerta de servicio. En la cocina, la cocinera, sentada ante la mesa, toma el té. A la niña se la tropieza en el rellano del primer piso. Al pronto no la reconoce.

Las puertas de la ventana que hay al fondo del pasillo están entornadas y la luz es escasa porque la tarde anda ya adelantada.

—¿Eres tú, Cristina?

La niña se echa a reír.

—¿Quién quieres que sea?

El hombre se inclina para dejarse besar una mejilla.

—¿Qué haces aquí sola?

—Mamá tiene visita.

—No es nada nuevo.

—¿Me has traído algo?

—No, hijita. No he tenido tiempo.

—¿Cuándo vas a llevarme contigo?

—La próxima vez.

De pronto Julio, que había iniciado la marcha hacia el dormitorio, se vuelve.

—Oye, nena, ¿qué te pasa?

—No me pasa nada.

—Te noto algo raro.

Julio llega hasta el fondo del pasillo, abre de un solo golpe las puertas y espanta una pandilla de gorriones que brota en bandada de la madreselva. El cielo ha empezado a teñirse de rojo.

—Pero ¡si estás vestida de negro!

—No es negro, que es azul. Es el uniforme del colegio.

—¿Y eso qué es? —inquiere el padre, señalando con el índice las piernas de la niña.

—Son medias —explica la chiquilla con voz ufana—. Tenemos que llevar medias.

—¿Dónde está tu madre?

—Ya te lo dije. Abajo, con unas amigas.

La niña sigue a su padre, que baja la escalera dando zancadas. En el vestíbulo se encuentra con la criada mora, que sale en aquellos momentos del salón con una bandeja cargada de tazas vacías.

—Llame a la señora, Auicha. Dígale que la espero en el despacho.

—Sí, señor —vacila la mujer, sin saber si es preferible dejar antes su cargamento en la cocina. Opta por depositar la bandeja encima de una consola y, arreglándose los pliegues del delantal con la coquetería de un esbozo de Rembrandt, entra en la sala. Julio se ha lanzado al despacho, seguido de Cristina, que se protege tras las anchas espaldas del padre. Poco después llega Isabel, arrebujándose en un chal.

—¿Sabes que ya no se puede estar en la terraza? Se está empezando a sentir el invierno. ¿Qué querías, Julio?

—Isabel —ruge Julio—, ¿puedes decirme qué significa esto? —y al decir «esto» agarra con brusquedad a la niña por la cintura, la atrae hacia él y señala el vestido.

—No sé a qué te refieres, hijo —exclama Isabel desdeñosa, sentándose en el brazo del sillón Morris.

—Esto —insiste Julio.

—¡Ah, ya! Es el uniforme del colegio. Fue una tontería ponerle a la niña un «babi» de cuadritos azules. No habíamos pensado que iba a un colegio de religiosas.

—¿Y esto? —Julio levanta la falda de la niña, que hace enormes esfuerzos por impedirlo, y muestra sus piernecillas, enfundadas en unas medias negras.

—Medias. Medias negras, Julio. Me parece muy natural.

—Pues a mí no. A mí me parece muy inmoral.

—Julio... Mis amigas me están esperando. No vamos a discutir. Sería inútil. No veo la inmoralidad por ninguna parte. En Inglaterra he visto niñas uniformadas así...

—Uniformes. Uniformes y escala de valores. Cada cual en su puesto. Isabel, mi hija no llevará uniforme en lo que le quede de vida. ¿Entiendes? No volverá a llevarlo. Medias negras a una niña de seis años, para que se pongan en su punto los viejos libidinosos que encuentre por la calle. Eso es pornografía...

—¡Qué fastidio! —lanza Isabel frunciendo el entrecejo—. Está visto que la tienes tomada con las monjas. Que ves con malos ojos que tu mujer sea una verdadera creyente.

—Tú no eres una verdadera creyente, Isabel. Tú eres una insatisfecha.

—¡Julio! —grita Isabel.

—Y tus amigas... Yo sé lo que necesitan tus amigas —y el hombre empieza a decir barbaridades. Cristina consigue huir de las garras del padre, con los ojos arrasados de lágrimas. Del despacho salen voces. Luego se oye un portazo. Acurrucada bajo el macizo de hortensias, Cristina piensa en aquella palabra. Pornografía. Palabra que acaba por quedar grabada en su mente de niña como la más terrible de las enfermedades.

* * *

Cristina siente un secreto amor por los cuartos oscuros, por los rincones del jardín en que reina la sombra. Por las aguas estancadas de una alberca rodeada de helechos, y en cuya superficie se refleja con misterio el intrincado ramaje de una higuera bereber. Ha sido un secreto amor de siempre. La niña cena en su cuarto. Luego, ella misma se desnuda, se pone un camisón de dormir y se mete en la cama. Todavía queda en el horizonte un fragmento de cielo claro. En el lecho espera, con ese interés que ponen los niños en todo fenómeno que de momento no tiene para ellos explicación lógica, la llegada de la noche. Asiste arrobada al proceso de conversión en personajes maravillosos de casi todos los objetos que pueblan su alcoba. El viejo sillón de estilo victoriano, el de la abuela, se convierte en un amable gordinflón que la saluda con ceremonia. La cómoda Isabelina tiene algo de solemne carroza que espera la llegada de unas princesas. Y alcanza la plenitud de su mundo cuando, acercándose al hueco de la ventana, si la noche no es de luna, consigue jugar a descubrir el significado de cada árbol de los muchos que pueblan el jardín. Casi siempre, Isabel, al encender la luz de su dormitorio, lo estropea todo.

* * *

Estuvieron ocho días sin cruzarse palabra. Julio dormía en la habitación del fondo. La de los huéspedes. Una noche Cristina oye a su padre golpear con los nudillos en la puerta de la alcoba que hasta hacía poco habían compartido los dos.

—Isabel...

—¿Qué quieres, Julio?

—Quiero acostarme.

—Tú tienes tu habitación, Julio. Una habitación para ti solo.

—No digas bobadas. Ya pasó todo, querida. No me he casado contigo para que tengamos que dormir como si fuéramos unos desconocidos. Además, ya lo sabes, no quiero que luego te vengan con cuentos. Que si voy... O que si no voy. Me molesta tener que recurrir a gente extraña. Tú ya me entiendes. Yo soy un hombe, Isabel. Necesito de ti.

—No grites. Te va a oír la niña. Lo siento, Julio. Pero yo no necesito de ti.

—Además, tengo que hablar contigo. Estamos invitados a una fiesta. Es una fiesta importante. Y no puedo ir solo. Causaría mal efecto.

—¿Dónde? ¿Para qué?

—En casa de Sam. En honor de los banqueros suizos que piensan abrir un establecimiento bancario en la ciudad. Seguramente serán ellos los que nos concedan un crédito para el asunto de los tejidos. Se trata de nuestro porvenir, Isabel. Del porvenir de nuestra hija.

—No, Julio no. Eso es un pretexto. Yo soy una mujer de principios estrictos. ¿Acaso no lo sabes? Tengo un círculo de amistades muy restringido y ningún interés en ampliarlo. Sabes también que me molesta conocer a gente de otra religión o de otra raza. Y no olvides, Julio, que nosotros vivimos en el Monte, y el Monte es un mundo aparte.

Julio, al oírla, sonrió con sarcasmo.

—Por una vez, mujer. No puedo ir yo solo.

—Lo pensaré.

Al decir esto apagó la luz. Se oyeron los pasos de Julio alejándose en dirección a su cuarto. El cuarto de los huéspedes. Cristina aspiró entusiasmada el aire de la noche, ya tranquila porque cada árbol había recuperado su significado de siempre.

* * *

Allí estaba su madre. Mirándola. Con un vestido negro y una piel sobre los hombros. Llevaba las manos enguantadas y sostenía una bolsa de malla dorada. Toda ella despedía un intenso perfume a no sé qué.

Y era bastante tarde porque se oía cantar a los gallos.

—Venimos de una fiesta —explicó; la voz no parecía surgir de su garganta. Era como si las palabras brotaran lejos de su cuerpo.

—Queríamos saber si estabas bien arropada.

—¿Me has traído algo?

—Una sombrilla de papel y un gorrito de bruja.

—¿Puedo verlos?

—No. Ahora duérmete —recomendó Isabel alejándose. Pero siempre la voz surgía del rincón más inesperado de la alcoba. Al llegar a la puerta se detuvo y volviéndose ya casi en el umbral, con una sonrisa poco frecuente enmarcándole el rostro, anunció:

—Mañana no tienes que levantarte temprano. No irás al colegio.

Las palabras y el perfume quedaron vagando por el cuarto. La madre ya había desaparecido. Al día siguiente Cristina no fue al colegio. Ni el otro. Ni nunca más. A la semana la mandaron al liceo. Llevaba el «babi» de cuadros amarillos. Sin sombrero, porque hacía un tiempo espléndido. El liceo estaba enclavado en la parte moderna de la ciudad. Allí conoció a Alicia.

1958

Alguien la llama. Es Consuelo.

—¿Dónde estás?

Cristina alcanzaba el pasillo, después de haber colocado los pies en las ramas del eucalipto y abandonar el tejado por el ojo de buey. La vieja, que parece una grulla, la espera al final de la escalera.

—¿Dónde te metes? Te he estado buscando toda la mañana. Vamos a almorzar.

La terraza está llena de gatos. En un rincón de la cocina, Zohra prepara la mesa. Extiende un mantel blanco. Consuelo saca de la nevera una fuente de ensaladilla. Y Cristina, descalza, cuenta las losetas rojas. El entierro de Alicia es a las tres.

—¿No tenemos vino? —quiere saber la vieja.

—En la bodega. Abajo. ¿Te gusta el vino?

—En las comidas.

Almuerzan sin ceremonias. En la misma cocina. Cerca de la terraza y de los gatos que toman el sol. Zohra va de un lado para otro, moviéndose con una elegancia puramente instintiva. Llevando y trayendo platos.

—¿Por qué no comes con nosotras, Zohra? —pregunta Cristina.

—Porque no tengo hambre. Hace media hora que me he comido un bocadillo. Lo haré más tarde. Tranquila.

—La ensaladilla está riquísima —declara Consuelo—. Eres un portento.

Luego, mientras aparta con descuido su plato, atiborrado de cáscaras de naranja, pregunta a Cristina:

—¿Qué piensas hacer esta tarde?

Por la puerta abierta de la cocina, la que da a la terraza, no entra la menor ráfaga de aire. Zohra ha dejado correr el agua de un grifo y parece como si en cualquier parte de la casa acabara de brotar una cascada. Cristina extiende los pies, se echa hacia atrás en la silla con ánimo de estirar sus miembros. De una jarra de cristal se llena medio vaso de agua. Uno de los gatos que hacía poco andaban por la terraza, se viene ronroneando hasta plantarse bajo la mesa, y allí comienza a frotar su hocico contra los descalzos pies de Cristina.

—Voy a echar una siesta.

—¿De qué te ríes? —quiere saber Consuelo.

—De este gato que me hace cosquillas.

Consuelo lo espanta sacudiéndole sobre el lomo una servilleta.

—Entonces... ¿no sales?

—No.

—No lo comprendo. A tus años. Todo el tiempo encerrada en esta casa. ¿No te aburres?

—No.

—¿Y te parece bonito?

—Sí —contesta Cristina consiguiendo, por fin, estirar todo su cuerpo.

—De esa manera no te casarás nunca.

—Ni me importa.

Consuelo se pone de pie. Empieza a recoger las migas de pan que han quedado esparcidas sobre el mantel durante el almuerzo. Parece una gallina picoteando en un solar cualquiera. El sol debe de estar alto. Las cigarras sólo dejan de cantar unos segundos y cuando enmudecen parece como si fuera a ocurrir algo, algo importante. La normalidad se recobra cuando empiezan a cantar de nuevo. El tiempo que dura el silencio es corto. Lo suficiente para que la casa se llene de un violento aroma a verano, un perfume indeciso que va mezclado con cosas de mar y de pinos. Ante la seguridad de empujar la puerta de la sala y de no responder, como siempre, la voz de la madre, Cristina se entusiasma. Descalza sube hasta su alcoba, donde la luz que se cuela por entre las rendijas de la persiana dibuja sobre la colcha amarilla una auténtica piel de cebra. Se tiende boca arriba, con los ojos clavados en el techo. Son las dos y cinco. El entierro de Alicia es a las tres.

* * *

Las seis. En toda la casa reina, sin venir a cuento, un silencio de domingo. Cristina se encierra en el cuarto de baño. Recurre al agua de una ducha. Medita en la inutilidad de su cuerpo. Tiene la piel fina, de color oscuro, mate. Unos brazos largos y absurdos que la obligan a efectuar movimientos lánguidos. Las piernas son también delgadas. Los senos firmes, pequeños, clavados como un peso en el corazón, incapaces de excitar. Tanto es así que cuando se coloca una camisa de hombre de las que pertenecen a su padre, acaba pareciendo un muchacho. Un muchacho atolondrado. Isabel ha tenido que luchar lo suyo para impedir que se corte el cabello. Terminó por triunfar. Tiene Cristina el cabello de un color trigueño con gracia. Largo, fino, sedoso, rico, capaz de ser recogido en una trenza o de desperdigarse con irresistible generosidad por sus encogidos hombros.

—Pareces un muchacho —se queja la madre—. No tienes ninguna femineidad. Angulosa, sin curvas. No sé cuándo vas a engordar. Sólo piensas en leer y en decir tonterías.

Cristina protesta en silencio. Silencio que excita a Isabel.

—Eres desconcertante. Nunca sé lo que llevas encerrado en ese cerebro. A veces te tengo miedo, Cristina. Si no fuera porque a tu padre le has caído en gracia...

Ella tampoco comprende a la madre. Una mujer que no se aparta nunca de un sistema de vida trazado fanáticamente desde hace infinidad de años. Sin pizca de imaginación. Sin ningún sentido del humor. Al menos, su padre es otra cosa. De vez en cuando le gusta hacer locuras. Pequeñas locuras sin importancia. Invitarla a un *whisky*. Charlar con ella como si de verdad fuera una mujer. Discutir la última película. Comentar el último libro. También es verdad que de un tiempo a esta parte a Julio le gusta más encerrarse en un hosco mutismo. Hay temporadas en las que parece que aquella familia compuesta de tres miembros, se pasa las horas escondiéndose el uno del otro, detrás de un biombo.

* * *

Consuelo está sentada en el porche. Cristina está convencida de que la presencia de aquella mujer confiere a toda la casa algo latente y vivo. La vieja anda tumbada en una mecedora, alrededor de una cesta cargada de madejas de lana de vivos colores, con un bastidor sobre la falda, en el que hay una labor empezada, especie de intrincado jardín inglés. Luce con ostentoso orgullo un quimono color de salmón estampado de soberbios girasoles. Aquella especie de sudario se le pega al fláccido cuerpo convirtiéndola en un Lázaro surrealista. La cabellera roja, acariciada por los últimos rayos de sol; las chinelas con furiosos dragones plateados, tipo casa de citas, y para colmo de males el cielo, que se muestra en parte de un color increíblemente anaranjado, proporcionan al decorado de la tarde una insoportable irrealidad cromática. De vez en cuando una mancha de quieto mar se ve salpicada por el vuelo de unas despistadas gaviotas. Cristina, nueva y descalza, se acerca a la vieja:

—¿Qué está haciendo?

—Un bordado de punto de cruz para una bolsa. ¿Te gusta? Se lo voy a regalar a mi sobrina.

Cristina descubre de improviso el gato de aquella mañana.

—¿Qué hace éste aquí?

—Por lo visto, nos ha tomado cariño.

La muchacha se sacude el cabello. Consuelo tiene un tic nervioso —lo tiene a ratos—, cosa de la edad. Ladea un poco el cuello como para espantarse una mosca.

—¿Por qué no bajas a la ciudad? ¿Por qué no te pones un vestido bonito y telefoneas a las amigas o te vas con los muchachos por ahí?

—Porque odio los vestidos bonitos, porque no tengo amigas —al decir esto se acuerda de Alicia, enterrada allá abajo— y porque no conozco a ningún muchacho.

—¿En el colegio no tenías amigas? ¿No ibas a uno de esos colegios adonde van también los chicos?

Cristina calla. El calor de las últimas horas es inaguantable. Ni siquiera el ruido de un vapor viene a alterar el bochorno de la noche.

—¿No te has enamorado nunca, hija?

Cristina se encoge de hombros.

—No lo entiendo. ¿Acaso te gustan las mujeres?

—No lo sé.

—Hija...

—En esta casa nadie me hace preguntas.

—Claro, porque no les conviene.

—¿Y tú? ¿Te has enamorado mucho en tu vida, Consuelo?

—Sí. Mucho. En cuanto me gustaba un hombre, me perdía. Los hombres son unos chulos. Todos. No se acercan a una más que cuando saben que van a sacar tajada.

—¿Todos los hombres?

—Seguro. A ver si te crees que tu padre se libra. Todos van a lo suyo. Pero los hay que te gustan. Que tienen gancho. Y te pierdes. Porque te ciegas y eres capaz de todo. Ándate con cuidado, niña.

Cristina se echa a reír.

—No te preocupes.

—En esta vida no convienen los tapujos. Pero vosotros, los de vuestro rango, bueno, tu madre... Porque tu abuela, si estuviera viva... Aquello era una mujer, no una rana de pila de agua bendita.

—A ti mi madre, por lo visto, no te cae en gracia.

—Yo soy muy clara. No. Tú, sí. Y no es coba. Tú

sí, porque tú, sin comerlo ni beberlo, te pareces a tu abuela.

—¿Cómo era mi abuela?

Consuelo no contesta. Hace como que sigue el vuelo de una luciérnaga. Y se entabla un silencio. Cristina piensa entonces en el encuentro que tuvo hace dos años, cuando aún vivía Alicia. Fue al volver del colegio, una tarde que llegaba a casa cansada y de mal humor. Su padre no había vuelto aún. Isabel estaba en la novena del Jesús de Medinaceli. En la cocina, la puerta abierta descubría a una cocinera enfrascada en la limpieza de unas verduras, espatarrada en la silla, absorta, sin dignarse levantar la cabeza, propia para que la pintaran. Cristina fue derecha a la sala, que, como siempre, tenía las puertas entornadas, con ánimo de echarse en el diván y mitigar sus penas en un llanto secreto. Una llantina inexplicable, contenida, dispuesta a reventar como un chubasco de verano. Fue entonces cuando vio las manos, posadas en un fondo gris, nimbadas por la mancha circular de luz que se colaba por un resquicio mal cerrado de una de las persianas. Luego oyó la voz. Ella sintió un ligero estremecimiento, porque en la penumbra de la estancia adivinaba la contextura de su cabeza. La cabeza de un pescador de Rodin. De las primeras palabras que cruzaron, ya no se acordaba. Fue algo así como un chasquido, un no sé qué de fenómeno eléctrico. Aquella noche, el desconocido se quedó a cenar con sus padres. Y ella buscó en su habitación el mejor vestido, se acicaló con el goce de una premeditada coquetería, la coquetería nueva de hacerlo «para alguien en particular». Se soltó el cabello, se prendió en el escote una rosa de trapo que era de Isabel, se perfumó con un perfume que era de Isabel y cuando llegó al comedor Isabel le dio una bofetada. Subió llorando a su alcoba y odió al desconocido hasta las doce de la noche. A partir de aquella hora y hasta el alba, y mucho después, estuvo queriéndolo como una mula. Aquello le duró todo un curso. Sobre todo al volver del colegio, le parecía que iba a estar allí, sentado en el diván, esperándola. Y como en realidad no había nadie en la sala, ella se lo imaginaba sentado, escrutándola, aunque sólo recordara de aquel desconocido sus manos, que eran finas y delgadas, y al mismo tiempo enérgicas. Se lo inventó para confesarle todos sus problemas. Pero de aquel hombre sólo recordaba sus manos. Luego, más tarde, supo que era el hijo de un amigo de su padre que vivía en Madrid. Que había venido a la ciudad para que Julio le buscara un empleo. Y que andaba en el Sur, bien colocado en una fábrica de pastas alimenticias. De vez en cuando se recibían cartas que Julio comentaba a la hora del almuerzo.

—Al hijo de Gonzalito lo han nombrado director gerente de la «Standing».

Pero eso a Cristina no le importaba. Era un mero accidente en la vida de un desconocido. A Cristina, lo que verdaderamente le importaba de aquel hombre eran sus manos.

1915

CONSUELO HABÍA NACIDO en un pueblo de Castilla. Hija de padres honrados a carta cabal. Primogénita con cinco hermanos. Todos varones. Había nacido guapa desde pequeña. De moza anduvo enamoriscada del hijo del alcalde. Como sus padres no tenían un céntimo, los ricos del pueblo y la familia del muchacho no vieron con buenos ojos aquellas relaciones. Respiraron tranquilos cuando Rafael —que así se llamaba el hombre— fue llamado a filas y destinado a Marruecos. Consuelo se quedó en el pueblo mientras pudo ocultar lo que ocultar no se puede. Luego, los padres, que eran honrados y tozudos, la mandaron lejos, a casa de una tía que vivía en un páramo denominado —no sabemos por qué— «La Vega». Allí le nació un hijo, que vivió lo que dura el día. Ella se escapó. Tras de mucho caminar y no menos baqueteo, fue a dar con sus huesos en Madrid, donde sirvió en varias casas de esas que llaman de clase media acomodada. Después fue planchadora de un taller y al final —no se sabe cómo— entró de primera doncella en una residencia de los bulevares, cuya dueña, viuda de un inglés, sólo admitía en su casa a señoras que tuvieran un cierto *pedigree*. De preferencia, extranjeras. Los hombres no hicieron mella sentimental en su vida. En su contacto con el sexo contrario había siempre algo animal, instintivo. Escarmentada por algunos tropiezos, los veía venir, y andaba siempre a la defensiva. Era lista. Llegó a la treintena con una silueta como las que el diablo mandaba en aquella época y un saber arreglarse bien, aprendido a fuerza de ocuparse en vestir a tanta inglesa y a tanta francesa como los azares del destino habían hecho arribar a la «Gaylord Residence».

Allí la conoció Lidia Cardovan. Le cayó en gracia. Le propuso tomarla a su servicio. Y ella, que adoraba la aventura y que las palabras «Tánger-Marruecos-África» ponían su corazón en un tris de reventar de latidos, ni siquiera tuvo fuerzas para contestar con gesto afirmativo.

Salieron de Madrid una tarde de principios de mayo. Lidia Cardovan viajaba con mucho boato. Sólo de sombrereras Consuelo contó diez. En Madrid le regaló un vestido. Era de hilo, a rayitas, muy fino. Y el cuello de encaje. Y por primera vez en su vida se puso un sombrero. Una pamela de satén cremoso con unas margaritas. ¡Poco orgullosa que estaba ella con su capellina! Se la ataba al cuello con un pañuelo de gasa rosa. Y con su sombrilla —también regalo del ama—, ¡casi nadie! Como que todo el mundo creía al verla, en la estación de Atocha, que era una amiga de su señora. Lidia no era, como se decía entonces, ninguna *parvenue*. A Consuelo el tren no la entusiasmaba. A ella lo que la traía de cabeza era el mar. Ese mar nunca visto, que dicen unos que es azul y otros que verde. En cuanto llegaron a Algeciras, Consuelo lo vio gris. No hacía más que asomarse a la terraza del hotel para verlo mejor, esperando un cambio de tono. Pero el cielo se hallaba nublado. Y hacía viento. Y aquella mancha de color plomizo se llenaba de crestas.

—Pero ¿no es azul?

Lidia Cardovan sonreía impasible, mientras tomaba en el jardín del «Cristina» una taza de té:

—Hace levante... Vamos a tener un viaje *dansant*.

—¿Y eso qué quiere decir?

—Movidito, mujer.

—Era lo que faltaba. No sé quién me mandó a mí a meterme en estos fregados.

—No te apures. En cuanto lleguemos a casa se te pasará todo.

—Pero ¿usted cree que llegaremos?

—No faltaba más —aseguró Lidia mientras engullía un hermoso pedazo de *cake*. Aquello daba confianza a cualquiera.

* * *

Todo fue bien hasta que llegaron al Estrecho. Consuelo permaneció durante casi todo el trayecto en cubierta. Quería ver bien el mar. Pero no vio nada. Todo lo contrario, creyó morir. Unos marineros, que por cierto lo estaban pasando bomba gracias a ella, la tuvieron que llevar al salón de primera, y colocarla frente a su ama. Lidia, al verla tan pálida, ni se inquietó. Siguió tomando ginebra y riéndose de las ocurrencias del capitán, hombre de mar que debía de ser bastante amigo suyo. A Consuelo tuvieron que tenderla en un diván. Cuando se sintió un tanto mejor, la propia Lidia le recomendó que saliera a cubierta y tomara el aire. Ya estaban llegando. Así vería la ciudad. La vio toda malva. Rarísima. El barco había echado anclas en mitad de la bahía con el mar picado.

—¿No atraca? —preguntó Consuelo a un pasajero.

El hombre, muy sonriente, le contesta:

—No. Ahora vendrán las barcazas. A menos que la cosa esté bastante fea y tengamos que pasar la noche aquí.

Consuelo, que minutos antes se había arreglado el cabello y colocado su asombrosa capellina como si fuera a asistir a un baile, por poco se desmaya. En cuanto se acercaron las barcazas, algunos hombres, en particular los de tercera, saltan con una despreocupación muy española a aquellos faluchos que, vistos desde arriba, parecen cáscaras de algarrobo. A las mujeres, un negroide como un castillo las toma en brazos. Cuando le llega el turno a Consuelo, aquello no son gritos. En el fondo, encantada (aquello le recordaba un episodio de *Los hijos del Capitán Grant* que había visto en el teatro). Los pasajeros que han quedado a bordo, y los de las barcazas, ríen divertidos. Y cuanto más ríen, ella más grita. Para colmo de males, un golpe de aire se lleva la famosa pamela. Consuelo llora desconsolada. Desde la barandilla, Lidia intenta calmar su pena prometiéndole una mucho más bonita. Pero ella contempla acongojada cómo flota sobre las aguas —que ahora son verdes— su adorado sombrero. Algunas almas caritativas del género masculino pretenden alcanzarlo con sus bastones. Pero el muy condenado, cuando parece que se acerca, empujado por una ola, es cuando más se aleja, quién sabe si con ánimo de aparecer en la orilla de cualquier playa desierta. De seguro que las margaritas se las comerán las gaviotas. En el muelle, que es de tablas, las espera un coche de punto. Atraviesan la ciudad a la luz de la luna y un anochecer estupendo en el que todo huele a jazmines y a yerbabuena. Consuelo no hace más que repetirse para sus adentros: «Estás en África, Consuelito».

Cuando llegan a la casa, que por entonces ofrecía un aspecto distinto porque la balaustrada era de mármol y las columnas del porche estaban cubiertas de enredadera, se detiene el cochero. Baja hasta la verja, que es de hierro forjado, y tira de un llamador. El cántico sonoro de una pequeña campana viene a desparramarse por todos aquellos verdes ámbitos que la noche pinta de un color indeciso. Aparecen como extraños espectros los primeros criados. Abren la verja para que el coche atraviese el sendero, entonces bien cuidada avenida sembrada de grava. Se detienen a los pies de la terraza. Allí las recibe una monja alemana que lleva de la mano a dos niños vestidos de negro, con botines y aspecto de sueño. Uno es gordinflón y feo, cara de perro pachón. Se llama Julio. El otro, para Consuelo, es el niño más guapo del mundo. Se llama Jaime.

1958

—¿QUÉ ES ESO?

—Un mirlo.

Un automóvil sube la cuesta. La luz de los faros ilumina una parte de los árboles que se divisan al fondo de la balaustrada.

—Este calor es de tormenta —presagia la vieja.

Cristina ha entornado los ojos. Siente como un violento deseo de acariciar toda la tierra. Pero se limita a extender los brazos. Se tumba boca arriba en el suelo, permanece quieta mirando al cielo, tachonado de muchísimas estrellas.

—¿Estás loca? Vas a coger frío. ¡Vamos para adentro!

—¿Sabes de lo que tengo ganas, Consuelito?

—Algo raro será.

—Tengo ganas de un pedazo de pan con aceite, pero de esos a los que hay que frotarle mucho ajo...

—¡Menudo problema! Ahora mismo, hija. Y otra noche, si quieres, hacemos un gazpacho fresco. Y otra, pinchitos. No. Si nos vamos a divertir...

—¿De veras?

—Sí. Y otra nos vamos a la ciudad y nos metemos en una tasca, y comemos un montón de sardinas asadas con vino tinto.

Cristina abre la boca, traga una bocanada de aire, aire que sabe a mar y a pinos. De pronto se le ocurre pensar otra vez en Alicia, enterrada allá abajo.

* * *

Ha dormido mal. Ha soñado que se paseaba por el jardín de la casa, distinto al de siempre, provisto de amplias avenidas. Se paseaba desnuda, y el sol era tan intenso que le quemaba la piel. Avanzaba por aquellos interminables senderos, sin conseguir alcanzar los bordes, bordes de blando césped, sobre los que crecían solemnes y gigantescos cedros. A la sombra de estos árboles descansaban familias enteras de canguros que tomaban la merienda. Una avioneta —que a Cristina al principio quiso parecerle un buitre— la perseguía desde hacía rato. Cuando alzó la vista —hacia un cielo como de trapo blanco— vio que la tenía muy cerca. Era una avioneta extraña. No era como una avioneta cualquiera. Tenía la forma de un féretro en el que se hallaba recostada su madre, vestida de *smoking* y chistera, como en las viejas películas musicales americanas. Al pasar junto a ella, casi aplastándola, gritó:

—¡Pórtate bien, Cristina!

Despertó bañada en sudor. El calor era inmenso, y aunque las puertas estaban entornadas, del jardín no llegaba una gota de aire. Los mosquitos la atacaron en el cuello y en los hombros, con la voracidad de vampiros liliputienses. El escozor era insoportable. Tuvo que acercarse a la cómoda y recurrir a un tarro de colonia barata que le arrancó la piel. No obstante, sintió un ligero y grato escalofrío. Pero la sensación pegajosa y estúpida del calor volvió a renacer en seguida. Con más intensidad. Una tormenta había descargado en el otro extremo de la ciudad, y hasta allí sólo llegaba el ruido sordo de algunos truenos, precedido del resplandor de los relámpagos. Era como si en un lugar apartado, desconocido de Cristina, se estuviera celebrando una verbena. Sin embargo, el cielo que protegía aquella parte del Monte aparecía soberbiamente estrellado. No quería enterarse de nada. Tuvo que apoyar la cabeza en el alféizar, empujar bruscamente las persianas, destripándolas contra el muro en un golpe seco, y aspirar con fuerza todo lo que la noche arrancaba de puro y maravilloso. Lo de siempre, porque en aquellos instantes Cristina se convertía en una insaciable devoradora. La lluvia moja el jardín. El ruido que producen las primeras gotas al caer sobre las hojas de las plantas es el de una música dodecafónica que sirviera de fondo a la inusitada sensación de desamparo que en aquellos momentos anda albergada en su cerebro. Con ademán inútil y desdeñoso extiende los brazos hacia fuera, dejándoselos acariciar por aquella agua de verano, con la absurda pretensión de ahogar en la precipitación líquida de unas cuantas nubes un sentimiento que a través de los años se ha convertido en algo harto familiar y angustioso. Sin venir a cuento se acuerda de Consuelo, que duerme en una habitación del piso bajo, perdida en el pasillo de la cocina. Siente entonces un intenso deseo de acudir a su lado, de deslizarse como una viborilla en su lecho. Mujer delgada y misteriosa que habla de un pasado que ella desconoce. Le encantaría pensar que abrazarse a Consuelo es algo así como abrazarse al tronco de uno de los muchos árboles que pueblan su jardín.

Amanece espléndido. De la tierra se alza un perfume penetrante y vago fabricado por la lluvia de la noche. Consuelo, asomada a la ventana de la alcoba de Cristina, descubre en el jardín vecino la presencia de Emma. Cristina debe de andar en algún rincón perdido de la casa, acariciando gatos, o escondida bajo cualquier planta, leyendo con indolencia una novela terrible. La mujer mira con descaro el jardín que desde aquella casa nadie mira. Emma la ha reconocido. Pero no dice nada.

—¿No te acuerdas de mí, Emma?

—¡Claro que me acuerdo de ti! Tú eres Consuelito.

—Pues, hija, di al menos buenos días.

—Yo no saludo a los habitantes de esa casa.

—Los habitantes están de viaje.

La figura de Emma se borra entre las ramas de un

jacarandá. Tiene un jardín muy cuidado. Su voz llega de tal modo a compenetrarse con aquella planta, que a veces parece que hablan las ramas. Tiene el tono bronco, dulce y cansado de los viejos arbustos.

—Cuando murió Tommy, mi marido, Isabel dejó de saludarme.

—¿Por qué razón?

—Porque entonces se enteró de que yo era judía.

—¿Y eso qué tiene que ver?

—Los judíos matamos a Cristo.

—¡No hace años de eso, mujer! Y además, Cristo los perdonó en el acto.

—¿Y la niña?

—¿Cristina? Por ahí debe de andar. Es una chiquilla rara. Siempre entre libros o entre gatos.

—De pequeña vino una vez a casa antes de que muriera Tommy. Luego la he visto con frecuencia atravesar el jardín. Se parece mucho a su abuela. Pero tiene en sus gestos un no sé qué de desamparo.

—¿Tú tienes hijos, Emma?

—Uno tengo. Hace un mes que regresó de París.

—Tengo que seguir mi tarea de todos los días.

—Vente una tarde a merendar con Cristina.

Y en esto empezaron a cantar las chicharras. La mañana estaba ya muy avanzada. Consuelo no tuvo más remedio que cerrar definitivamente las persianas.

—¿Con quién charlabas? —preguntó Cristina más tarde.

—Con la mujer que vive en la casa de enfrente.

—¿Con la judía?

—Bueno ¿y qué? Ya quisieran muchos cristianos...

—A veces la he visto pasearse por su jardín durante la noche. Y en las noches de verano me ha parecido alguien del otro mundo. Con frecuencia he deseado ser su amiga, pero ya conoces a mi madre...

Consuelo se encoge de hombros.

—Lo sé. Estamos invitadas a merendar en su casa una de estas tardes. La conozco desde que era joven. Tiene un hijo.

—Sí.

—¿Lo conoces tú?

—No. No mucho. De pequeña estuve invitada a un cumpleaños. Se llama David.

—Eso es, David. Como un rey del Antiguo Testamento —sentenció Consuelo.

* * *

—¿Qué haces?

Consuelito se coloca unos pendientes de coral ante el espejo de un armario que hay en su cuarto. Convierte el acto en toda una ceremonia. Lleva un vestido de crespón estampado. Hojas secas en un fondo amarillo. Y se ha pintado los labios en forma de corazón.

—Pero ¿qué haces que estás así todavía?

A Cristina, el verano le parece una cosa maravillosa.

—¿Qué pasa?

Va embutida en una especie de saco. Los cabellos, desparramados por los hombros. Descalza.

—Merendamos en casa de Emma.

—¿Hoy?

—Hoy. Eres terrible. No estás nunca en lo que se te dice.

Cristina sale huyendo hacia su cuarto. La vieja se sienta en una silla abandonada en el porche. Allí se queda con la mirada fija en una parte del mar. Cristina vuelve al rato vestida de blanco. En los pies, unas sandalias. Cuando atraviesan la verja, la muchacha se vuelve y mira hacia el porche, con el temor de que Isabel esté allí.

* * *

Emma las recibe en el umbral de su veranda, donde reina la mancha purpúrea de una buganvilla. Lleva un vestido rojo. Su rostro es afilado y perfecto. Nariz aquilina, labios finos, ojos grises y menudos. El cabello dividido en dos lánguidos mazos de azabache. Es una mujer que está por encima de todas las modas. A Cristina le parece entresacada de las revistas viejas que su madre conserva aún en cierto rincón de la casa. A lo mejor, el ático. Consuelo y Emma se besan en las mejillas. Hay en ello una sabrosa espontaneidad. Parece que aquellas dos mujeres son las únicas conocedoras de las reglas de un juego y lo jugaran limpiamente, con las cartas puestas encima de la mesa. Algo ajeno a

Cristina, pero que Cristina comprende. No importa que generaciones intermedias la hayan arrastrado hacia un mar de escepticismos, imposibilitándole el acercamiento a un mundo que adivina colmado de innumerables ritos. Hace responsable de aquella incapacidad a su amiga Alicia (ahora descansando allá abajo) y en vida alejándola constantemente de una pertinaz y grave tendencia «a lo antiguo, a lo de otro tiempo, a lo ya pasado de moda, a lo ya caduco». Alicia, en vida, intentó luchar —inútilmente— para que Cristina no se convirtiera en una sombra.

—Ahora vendrá David —anuncia Emma, invitando a las recién llegadas a que se sienten en torno a la mesa.

Una mesa de madera de pino cubierta por un aparatoso mantel de plástico sobre el que se hallan dibujados diversos monumentos de la capital de Francia, como en sanguina, rodeados de intrincadas guirnaldas de anémonas a todo color. Encima de la mesa, unos cuantos periódicos. Y una botella de agua mineral. El sol de media tarde pone pereza. El vuelo de un moscardón. El zumbido de las abejas. El aroma penetrante y empalagoso de los rosales. Y una mancha de mar dibujada entre las ramas de un árbol. Emma ofrece un cigarrillo a Cristina. Cristina, que se ha sentado en una hamaca, apoya la cabeza en el tronco de un naranjo.

—Consuelito y yo somos viejas amigas —explica.

Consuelo parece una momia. Tiesa y modosa, sonríe con sus dientes postizos en apoyo de semejante afirmación. Cristina vomita el humo de su cigarrillo y forma una nube que viene a enlazarse con trágica sensualidad alrededor de una mata. Apenas si hablan. Emma se limita a mirar de reojo a Cristina. Consuelito, a sonreír en frío. En cuanto a Cristina, es tan feliz, sin saber por qué, que siente unos inmensos deseos de echarse a llorar.

—En esta casa no merendamos nunca —aclara Emma—. Desde que murió Tommy, mi marido, dejamos de tomar el té de las cinco. Dime, Consuelo... ¿Qué preferís? ¿Le digo a Auicha que prepare el té, o sacamos de la nevera una botella de «Valpierre» y un «Gervais» y preparamos nosotras mismas unos bocadillos?

Cristina levanta un dedo:

—Voto por el «Valpierre».

—A mí me da igual. El vino cambia las ideas —opina con absoluta indiferencia Consuelo.

—La vida es como una monstruosa tela de araña —dice de pronto Emma.

Cristina se lleva un susto tremendo. Es como si hubieran despertado de un grito su conciencia y adquiriera un clarísimo convencimiento de su horrible indiferencia hacia la tragedia ajena.

Alicia muerta carecía de todo significado. Era una estúpida plancha de mármol extendida allá abajo, en la falda del Monte, a la sombra de los eucaliptos. Ahora que Isabel no estaba, bajaría alguna tarde y se sentaría indiferente cerca de aquel lecho brillante y desnudo. Para Cristina, la muerte de Alicia había acontecido hacía ya bastante tiempo. Cuando ocurrió aquello y por primera vez sintió el escalofrío de un sufrimiento que no era el suyo. Un retazo de la conversación que sostienen las dos mujeres llega entonces a ella.

—...Era un muchacho. Yo era el muchacho de la familia. *L'enfant terrible.* Pero todos me adoraban. Y todo me lo perdonaban. Hoy no soy más que un despojo de los años aquellos.

—Tú lo que tienes que hacer, Emma, es vender esta casa y tomar un piso en la ciudad. La soledad no se ha hecho para las mujeres. Y la soledad de este Monte es terrible.

Emma se indignó:

—¿Vender la casa de mis padres? ¿La casa de mi marido? ¿Irme a vivir con los fariseos? ¿Con los que me critican? ¿Con los gusanos y serpientes que viven arrastrándose por esos bulevares? ¿Por quién me tomas? Es verdad que hay momentos en los que me siento desfallecer, harta de soledad. Otra clase de soledad. Entonces busco la protección de los árboles. En esos momentos de angustia terrible, de desesperanza inesperada busco la sombra de los fresnos, el contacto de los arrugados troncos, la caricia de las hojas de un abedul, la charla inquieta de las ramas del pino, el aroma penetrante de la flor de eucalipto, cuyo perfume me trae al recuerdo un pedazo de mi infancia en los que estaba siempre resfriada y mamá me obligaba a tomar unas inhalaciones de aquellas hojas. Sí, hija, en esos momentos de la vida en los que perdemos a Dios, tenemos que recurrir a su obra. A la naturaleza. Para mí este pedazo de tierra lo es todo. En las primeras lluvias de septiembre, después del calor del verano, toda la tierra huele a Francia. Al abrir las persianas de mi alcoba, entorno los ojos y creo por un momento que he vuelto a nuestro piso de la avenida Foch, en el tiempo feliz de la entreguerra, cuando teníamos dinero y Tommy vivía aún.

Luego de decir esto se llevó a la boca un trozo de *brioche* —sacado de no se sabía dónde— que había partido en dos con un ademán indefinido, infantil o tal vez bíblico.

Hay un silencio entretejido por el murmullo del mar o los graznidos de una pareja de cuervos que merodea en torno a una palmera. Una mariposa revolotea alrededor del mantel. A Cristina ese interludio le produce una enigmática sensación de daño. Se le clava en las sienes y estalla en su retina el color de la tarde. Su voz rasga el hechizo de aquella pausa.

—Es bonito ese vestido que llevas puesto, Emma.

—Hace un siglo, sólo las cortesanas se vestían de rojo. Éste es el símbolo de mis pecados.

—¿Tus pecados? —se sorprendió Consuelo.

—Los de la soberbia, el egoísmo, la envidia, el aburrimiento, la gula...

Se oyó el ruido que producía el motor de un coche subiendo la cuesta y Emma dejó de enumerar pecados para advertir con una pequeña llama de amor en los ojos:

—Ahí viene David.

Lo esperaron calladas. Volvieron al silencio. Un silencio que era como una complicada labor de artesanía.

Cristina no vio llegar a David porque estaba sentada de espaldas a la entrada de la veranda. Consuelo era miope. Emma, al verlo atravesar el sendero, había adoptado una actitud hierática. Poseía el muchacho una flexibilidad idéntica a la de su madre en todos sus gestos. El azul de los ojos era típicamente inglés, contrastando con una tez morena y un cabello castaño. Alto, erguido, poseía el mágico don de la naturalidad. No había en él un ápice de niño nuevo, recién salido del liceo, y Cristina sintió una profunda tranquilidad porque desde el primer instante temió enfrentarse con uno de aquellos olvidados compañeros de clase que hablaban de cosmonautas, violaciones, marcas de automóviles y de *whisky*, homosexualidad y *rock and roll* con un desenfado y una falta de naturalidad despampanantes.

—¿Qué hay, Cristina?

—¡Hola, David! ¿Cómo estás?

Se dieron la mano. El muchacho tomó una silla y se sentó junto a la chica.

—Quiero merendar.

La madre esbozó una sonrisa.

—Le diré a Auicha que te prepare tu taza de té.

—¿Y nuestro «Valpierre»? —protestó Cristina.

Emma se echó a reír.

—Esperábamos a David. Es el único que merienda un poco a la inglesa.

—¿Sabes quién está aquí ahora con nosotros? —indica David mirando a Cristina.

—No...

—Una antigua amiga tuya. Ahora la verás. Voy a decirle que venga.

Al levantarse, la muchacha comprueba que está demasiado delgado.

Emma, con voz cargada de inesperada telepatía, explica:

—Odia las vitaminas.

Ella, Cristina, se echó a reír. Consuelo, en las nubes. Esperando el «Valpierre».

David volvió poco después en compañía de Radia. Traían en una bandeja una botella, dos trozos de queso, unas copas y unas servilletas de papel, y en todo, hasta en la manera de gesticular, había algo cómico y ceremonioso que le quitaba importancia al verano.

—¿Y el té? —inquirió Emma.

—Ahora vendrá —susurró David—. El té requiere también su pequeño ceremonial.

Llega Radia, vestida con un amplio caftán bordado de espigas doradas. Se queda mirando a Cristina. Bien peinada, a la europea, desprendiéndose de todo su cuerpo un olor penetrante de perfume caro, maquillada con asombrosa sabiduría. Perfecta.

—¿No te acuerdas de mí?

Cristina grita alegre:

—¡Radia!

Y se abrazan. Se echan a reír. Se apartan para contemplarse mejor. Las dos rebosantes de una curiosidad puramente femenina.

—¡Cómo has crecido! —se asombra la hija de Isabel.

—Radia no ha renunciado del todo a los trajes típicos...

—¿No te has casado? —le pregunta Radia a Cristina.

—No. ¿Y tú?

—Yo tampoco.

Luego explica que ha venido a pasar unos días con Emma. Que leen juntas. Que charlan. Que con Emma, desde hace infinidad de años, trabaja una prima de su madre. Vieja tradicionalista llena de prejuicios. Que ahora ellos viven en la ciudad. Que el mayor de sus hermanos está en una oficina del Gobierno en Rabat. Que les manda dinero. Que ella terminó sus estudios de comercio en el liceo. Y que ahora, para no perder el tiempo, sigue unos cursillos de enfermera.

—¿Y tú?

Pero Cristina se explica mal.

—Nada. Yo hubiera querido seguir una carrera... Pero mamá se obstinó en que debía hacerlo en Madrid... Y no aquí en Marruecos. Ni en Francia. Hubiera tenido que empezar a estudiar de nuevo el bachillerato. Ya sabes cómo es mamá...

—¿Siempre igual?

—Ahora, en Madrid. Volverá pronto. Ha ido con

papá. Tiene que operarse de algo. Un quiste. Nada grave. ¿Te acuerdas de lo bien que lo pasábamos cuando éramos pequeñas?¿Recuerdas aquellos collares de dompedros que nos hacíamos sentadas en el porche?

—Me acuerdo de todo. No he olvidado que teníamos que vernos a escondidas, aprovechando que tu madre andaba en una iglesia. Yo a tu madre la considero como una despiadada colonialista. De esas que hablan de caridad sin conocer a fondo el sentido de la palabra.

Cristina enrojece.

—Lo siento —se disculpa Radia.

—Calla. Lo comprendo. De pequeña, adiviné que papá intentaba imponerse. Al cabo del tiempo se cansó. Mamá es una mujer llena de prejuicios. Hay muchas mujeres así en toda la ciudad.

—Sí. No creas que sólo los cristianos tenéis prejuicios. Los judíos tienen más. Y entre nosotros a la hora de ponernos al día existe una clase media acomodada —como dicen ustedes— de comerciantes de tejido, que Dios nos libre de ella... Siempre levantarán sus muros para impedir cualquier intento a una llamada evolución.

—Pero... ¿Tú estás contenta con la independencia?

—No lo sé. No seré yo quien vea los resultados.

—Claro... —intervino David—. Pero, al principio, vuestro pueblo tenía una idea muy primitivamente comunista de lo que iba a ser la independencia.

Emma puso su granito de arena:

—Ya es hora de que este país se sacuda las pulgas. Pero no os va a resultar nada fácil acostumbrar un pueblo al trabajo. Inculcarles el espíritu de sacrificio, incomprensible cuando el fruto de ese sacrificio sólo lo recogerán vuestros hijos. Nadie da nada de balde.

—Justamente —aclaró Radia—. Por eso nos estamos dedicando exclusivamente a preparar a esos hijos. Mi hermano menor, que ahora tiene siete años, cuando alguien le pregunta si le gusta jugar, contesta que lo que de verdad le gusta es estudiar. Aprender. Quiere ser médico.

—Un portento de criatura... —afirma Emma—. Yo le estuve preguntando el otro día, que vino con Radia, por qué no jugaba en el jardín, y me contestó con un tonillo de lección aprendida: «Porque no quiero que me engañen como engañaron a mis padres. Yo quiero ser médico, y cuidar a los míos. A los que sean pobres, no les cobraré». Yo no supe si darle un par de besos o un par de bofetadas, porque tampoco es muy normal que un mocoso de siete años piense de ese modo.

—¿No meriendas con nosotros, Radia?

—No. Lo hice con Auicha. No quiero que se sienta humillada.

Al retirar la bandeja, Cristina quiso ayudarla. David se columpió en la silla con gesto de cansancio. Consuelo estaba a punto de quedarse dormida. Emma se llevaba a la nariz un ramo de buganvillas. Cosas de Emma.

—¿Qué te pasa, David, hijo?

Cristina ya había desaparecido con Radia y la bandeja. Consuelo no estaba en este mundo. Las voces eran como cuajos de espuma.

—No me pasa nada, mamá.

—No mientas —atajó la madre—. No tienes por qué ocultarlo, David.

—¡Mamá! —protestó el muchacho.

Volvieron Cristina y Radia.

—Voy a cambiarme —anunció esta última.

—¿Te marchas ya?

—Las clases son a las seis. No quiero perder el autobús.

—No vengas tarde, querida —rogó Emma.

Luego Radia, antes de despedirse, habló de un *mechui.* De dar una pequeña fiesta en su casa, a la que asistieran todos.

—Todos —subrayó Emma—. Será el *mechui* de la paz.

Luego, más tarde, Emma propuso:

—David, ¿por qué no enseñas lo que queda de jardín a Cristina?

Consuelo se puso de pie.

—Me marcho. Tengo que preparar la cena.

—¿Y Cristina?

—Yo me quedo.

—Consuelo, ven cuando quieras.

Los cuervos se refugiaron en el alero y empezaron a limpiarse con inusitada coquetería unas cuantas plumas.

—¿Tú crees en algo? —preguntó de pronto Cristina a David.

Los dos estaban sentados a la sombra de un olmo. La tarde había comenzado a caer y el horizonte —ellos le daban la espalda al mar— se perfilaba difuso antes de que llegara la noche.

—No lo sé. No me esperaba esa pregunta. En estos momentos, sólo creo en una cosa: la muerte.

—Yo tenía una amiga que murió hace una semana.

—Mi primo Jacky murió también... ¿No te acuerdas de Jacky?

—Lo recuerdo. Éramos muy pequeños. Pero él era el más pequeño de todos. A una fiesta que dimos en casa se presentó disfrazado de Muchacho de Azul, como en el cuadro de Gainsborough.

David sonrió con cierta melancolía:

—Era maravillosamente decadente.

—¿De qué murió?

—Se ahogó.

—¿Cuándo?

—El verano pasado.

—¿Lo querías mucho?

—Siempre estuvimos juntos. O casi siempre. Él estuvo un tiempo en Inglaterra y luego en Aix-les-Bains. Nos escribíamos. Cuando el año pasado volvimos a estar juntos... Pero... ¿para qué te hablo yo de esto? ¿Y por qué?

—Tal vez porque yo te haya dicho que una amiga ha muerto. Ahora descansa allá abajo. Cerca del Country Club. Y porque ante nosotros deben de levantarse esos dos muertos y acusarnos de nuestra inutilidad.

—Inutilidad... Sí. Eso es. Inutilidad. Yo me he pasado toda mi vida haciendo gestos inútiles. Acciones inútiles. Diciendo palabras inútiles. Leyendo y estudiando libros inútiles. Y ahora tendremos que continuar solos la lucha.

—Luchamos por conseguir no sabemos qué. Es terrible... Intentamos explicar nuestra actitud a unos seres que no nos oyen nunca. Somos como náufragos en una isla desierta que hacemos señales a barcos de tripulación ciega.

—Pero... ¿y los demás, Cristina? ¿Y nuestros compañeros? ¿Y la gente de nuestra edad? ¿O es que acaso tú y yo no somos como los demás?

Cristina se levantó de un salto. David permanecía tumbado en la hierba.

—No, David. Tú y yo... no somos como los demás...

Y salió corriendo hacia la veranda. David la alcanzó antes de que comenzara a subir los escalones.

—¿Nos vemos mañana?

—Como quieras.

—¿Por qué no vienes conmigo a casa de tía Sara?

—De acuerdo.

—Pasaré a recogerte a las seis.

—Hasta mañana, David.

Cristina se acercó a Emma. Sentada. Abstraída en la lectura de un artículo de *Le Monde*.

—¿Te marchas ya? —preguntó casi sin levantar la cabeza.

—Sí...

—Acompaña a Cristina, David.

—No hace falta...

Cristina dio un beso a Emma en una mejilla. David para verla marchar, se apoyó lánguidamente en uno de los postes de madera que sostenían la entrada de la veranda, al que abrazaban con furia unos racimos de petunias.

—Adios, Cristina. Hasta mañana... —repitió.

—David, mi rey... —susurró Emma.

David se limitó a arrancar una brazada de aquellas flores, que desparramó con violencia por el suelo de la veranda.

* * *

Consuelo plancha en la leonera. Cristina se ha levantado tarde y a mitad del desayuno se refugia en la habitación, a la sombra de aquella mujer que le parece un árbol.

—¡Déjame la llave del cuarto de tía Laura! —pide como la que no quiere la cosa.

Consuelo la mira impasible:

—No.

—¿Por qué no?

—Porque no. A mí no me gusta desobedecer a nadie. Y donde hay patrón, no manda marinero.

—No me digas que mamá te ha prohibido que me entregues la llave.

—Tu madre no es santo de mi devoción, pero al darme la llave lo primerito que me recomendó es que no se la entregara a nadie.

—Yo soy su hija.

—Para mí, como si tal cosa.

—Eres tonta.

—Soy como soy.

—¿Tanto misterio en torno a ese cuartucho?

—No lo sé. Depende de lo que te hayan contado.

—Nada. Todo lo tengo que ir averiguando yo sola. Pero me faltan piezas para mi rompecabezas.

—No hay que imaginarse nada, niña. Misterio, ninguno. Hay que ponerse sencillamente en el puesto de tu madre.

—Ya. Por lo visto a mamá no le hizo ninguna gracia que tío Jaime se casara con tía Bárbara y dejara plantada a tía Laura, que era su hermana. ¿No?

Consuelo la mira sin sorpresa.

—Cabalito.

—Y tía Laura murió del disgusto ¿no? En ese cuarto justamente.

—Más o menos...

—Ya. Y mamá, al cabo de los años, como siempre, sigue sin perdonar a nadie. Y yo sin conocer a la famosa tía Bárbara. Y eso que sé que vive en esta ciudad. ¿Tú sabes dónde, Consuelo?

—No. A mí y a mis años no me tira nadie de la lengua. No tienes más que ver una cosa: le retiró el saludo a Emma porque al morir el marido descubrió que era judía, y los judíos mataron a Cristo.

—¿Por qué es así mi madre, Consuelo?

—Porque así es medio mundo. Una enfermedad como otra cualquiera.

—Las enfermedades tienen un tratamiento.

—Hay enfermedades que no se curan cuando el enfermo no quiere. Y tu madre es una enferma que vive rodeada de enfermas. Y ahora déjame, que estoy estropeando los pliegues de esta falda. ¿Ya se te ha terminado la lectura? ¿Por qué no bajas a la playa? En mis tiempos había un sendero...

—Esta tarde salgo con David.

—¡Alabado sea Dios!

—¿Por qué?

—Contesta: Sea por siempre bendito y alabado.

—Bueno... Pero ¿por qué te asombras? ¿Es que yo no puedo salir con David?

—Sí, hija. Y con el rey de Italia. Digo «Alabado sea Dios» porque abandonas tus libros y mamotretos.

—Cualquiera diría que estoy chiflada...

—No. Pero para llegar a bruja te iba a faltar muy poco. ¿Se puede saber adónde vais? Que si estuviera aquí tu madre, no sé yo si te iba a dar esas libertades...

—Vamos a visitar a su tía Sara.

Consuelo ahogó con la palma de su mano izquierda una exclamación de sorpresa. Luego sentenció:

—Está visto que el aire del Monte os sienta como un tiro.

Cristina iba a preguntar algo, pero Consuelo pidió un quitamanchas. Y luego empezó a decir que en cuanto terminara con aquella blusa iba a meterse en la cama, porque estaba baldada y le dolía además la paletilla.

—Eso es el levante. ¿Quieres que te dé una friega con «el tío de los bigotes»?

—No, bendita. No, cariño. ¡Y vosotros, fuera de aquí!

Levantó amenazadora la plancha y espantó a cuatro gatos que se habían asomado al umbral, atraídos por la presencia de Cristina.

* * *

Para Cristina, la habitación de Consuelo tiene algo de los insoportables cuentos de Perrault. La cama de hierro, pintada de celeste; el papel de las paredes, borracho de acacias; la ventana, con unos visillos de tul crema; la cómoda de pata coja, abarrotada de amarillentas fotografías; los cromos del Sagrado Corazón de Jesús y de Nuestra Señora del Carmen sacando del purgatorio almas en pena ya purificadas; el armario de luna que multiplicaba mediocremente por dos la mesa camilla, y una vieja butaca que antes había estado en la sala de espera de «Cardovan y Cía». Consuelo, tendida en el lecho, como un tronco derrumbado por una tormenta, embutida en un camisón de vichy con el cuello y las mangas salpicados de absurdos lazos y cubriéndose con una colcha que ella misma se ha confeccionado gracias a infinidad de retazos de viejos tejidos. Junto a la mesilla de noche, una silla de madera, y encima de la mesilla, un vaso lleno de cansinos geranios. Una mariposa apagada a medio consumir y una imagen gastadísima de San Antonio.

—¿A qué vienes? —refunfuña, como si de pronto movieran sus invisibles ramas.

—Si es que te molesta que venga a hacerte compañía...

—Ya que estás aquí, ponme bien la bolsa del agua caliente.

—¿Cómo van esos dolores? Mira que una bolsa de agua caliente en el mes de agosto...

—Y ochenta años a la espalda. Que otras con menos edad andan ya por esos asilos sin saber lo que dicen. Y a mí no se me escapa nada todavía.

—Bueno, no te enfades.

—No me enfado.

—Te voy a traer una taza de caldo.

—¿Tú ya has almorzado?

Cristina dijo que no con la cabeza.

—Quédate conmigo. Tráete aquí el almuerzo. Cuando estoy así de pachucha y me tengo que meter en la cama en pleno día se me llena la cabeza de pensamientos negros.

—Eso son bobadas. Además, todavía es muy temprano y yo tengo mucho quehacer.

Cristina salió de la alcoba. Dejó la puerta abierta. Y volvió con una taza humeante seguida de un gato.

—Le he dicho a Zohra que me traiga aquí el almuerzo. Me buscaré un libro y te haré compañía. ¿Estás contenta?

—Gracias, bendita. —Y fijándose de pronto en el gato que se había sentado a los pies de la cama, gritó—: ¿Y tú qué haces aquí? ¡Hala, fuera! ¡No quiero gatos en mi cuarto!

—A éste déjalo, mujer, que es muy bueno.

Consuelito miró al felino con cara de pocos amigos.

—Buenísimo. Con esos morritos de inocentón que pone, como el que no quiere la cosa, en un tris se me caga debajo de la cama y luego no hay quien soporte el olor ni duerma en todo el verano.

El gato, como ofendido, se planta de un salto encima de la colcha de colorines.

—¡Quítamelo de encima! Está bien, que se quede. Pero lejos de mí.

—Ven aquí, *Montgomery* —llamó Cristina. Y el gato la siguió a través de los pasillos, obediente, maravillado, sumiso como si Cristina fuera para él una diosa.

1928

La casa, amodorrada entre los eucaliptos, despierta de los lánguidos meses de verano —en todo el mes de agosto las persianas han permanecido cerradas, indiferentes al canto de las cigarras durante el día y al croar de las ranas en las charcas los anocheceres—. Adoptando una actitud despectiva frente al concierto nocturno de los grillos, o sesteando adormilada por la violenta caricia del sol en las primeras horas de la tarde.

Sólo a mediados de septiembre, cuando la temperatura en el jardín se entibia y aparecen las primeras nubes, la casa se sacude la cadena de su indolencia. Es entonces cuando se sacan al sol de la mañana las guardadas alfombras, se hace el inventario y la limpieza de los armarios, y los corredores y habitaciones se pueblan de un enjambre de criados y obreros que obedecen a la consigna de reformarlo todo. Se enriquecen algunas habitaciones con los objetos de arte adquiridos durante la ausencia; a veces horribles objetos que están de moda, que hacen *chic* y que alguien —tal vez los hijos— han impuesto con inconsciente y juvenil tiranía. Los trabajos de jardinería son intensos y se realizan bajo la caprichosa vigilancia y el intrincado atuendo de Lidia Cardovan. Se conserva aún allí la anticuada costumbre de dar fiestas, de hospedar a viejos amigos residentes en Europa. Esto acontece en los últimos meses de otoño, o en los primeros de invierno, contando siempre con la protección de un invierno amable y cálido. Y suele ocurrir también que amigos de la ciudad que han llegado de visita para tomar el té, única y exclusivamente para tomar el té, y charlar en el invernadero, se ven obligados a pasar la noche, porque de pronto un punto negro de una nube pincha el azul del cielo, adquiere caracteres exorbitantes y en pocos minutos revienta en aguacero que convierte la falda del Monte en una riada interminable. Resulta entonces imposible atravesar el arroyo, en el que se han ido acumulando en torrente todas las aguas que bajan de lo alto. Torrente amenazador y furioso que arrastra consigo ramas, troncos, árboles enteros, y hasta la carroña de un caballo muerto, un caballo cansado y viejo que ha venido a morir en la secreta soledad de una cañada. Toda aquella furia amarillenta y fangosa termina en el mar. Es un espectáculo soberbio que los invitados de Lidia no quieren perderse y contemplan entusiasmados desde las ventanas del ático, entonces dormitorio de las criadas de confianza. Allí se reúnen todos mientras las mujeres del servicio van de un lado para otro repartiendo tazas de té y bandejas de plata labrada con bollitos y confitura.

Al morir Wilfred, el marido de Lidia, un hombre que se pasó toda su vida con una botella de *whisky* en la mano y que se había enriquecido gracias a las especias, Julio, el primogénito, que además de ser feo era un lince para los negocios, volvió con sus estudios de comercio bien terminados en Inglaterra y tomó las riendas de «Cardovan y Cía». Incrementó el negocio del té, empezado por su padre; aceptó la representación de una de las mejores marcas de cigarrillos turcos, y dos veces por año se largaba a la India. Después vino el asunto de las galletas. Galletas inglesas, de buena marca, crujientes y sabrosas, que figuraban en la mesa de los privilegiados de la ciudad a esa hora de la tarde en que todo el mundo está de buen humor.

El otro hijo, Jaime, fue harina de otro costal. Para empezar lo mandaron a un colegio francés. Un colegio que andaba no lejos de París. Pero enfermó de tal manera que la madre, que lo adoraba, lo hizo volver. Se crió mimado y querido de todos. Era gracioso y además guapo. Tenía una forma de pedir lo imposible que no había manera de decirle que no. A los diecisiete años, ya se había acostado con todas las criadas de la casa, y las malas lenguas añaden que también con algún que otro criado. Cumplió los diecinueve cuatro años después de terminada la Gran Guerra. La ciudad se había convertido por entonces en una especie de Babilonia del juego. Se jugaba en todas partes, y la gente bien coleccionaba suicidios. Jaime se pasaba todo el tiempo en la ciudad, liado con alguna tanguista de las que cantaban en los cafés conciertos. O entretenido en el tapete verde del Kursaal, absorto en las manipulaciones de los *croupiers*. Gastaba horrores, y cuando se le terminaba el dinero acudía con el sermón de las peticiones a su madre, a Lidia. A ella le lloraba sus cuitas, convencido de que no se le iba a negar nada, y de que la buena señora terminaría firmando un cheque que aliviara sus livianas penas. Hasta unos pendientes de oro que Consuelito se había comprado con sus ahorros, fueron a parar a manos de Jaime con la solemne promesa de que le serían devueltos multiplicados por diez. Gracias a Julio, aquella casa pudo seguir en pie. Fue él quien puso un límite a tanto derroche y quien cargó con la incómoda tarea de andar todo el santo día denegando caprichos absurdos a la madre y peticiones insolentes al hermano. Lidia llegó casi a odiarlo —es un decir—, a tomarle tirria. No comprendía que a sus años se levantara contra ella la voz de uno de sus hijos para lanzar un rotundo «no» a la compra de un sombrero.

—¡Bastardo! Tú tienes que ser hijo de un judío de Assilah (por cierto muy guapo) que conocí antes de casarme con Wilfred.

Las disputas entre ambos hermanos eran el pan nuestro de cada día. Jaime se había liado con una francesa que le sacaba los cuartos sin ningún pudor. Y Lidia, en cuanto se acercaba el mes de abril, ya estaba preparando la lista de invitados. Mandando cartas a todo el mundo. Cartas que eran el terror de Julio, porque él no gastaba un céntimo, se cambiaba de camisa dos veces por semana y para la oficina usaba una especie de guardapolvo que ya nadie llevaba en la ciudad. No fumaba, ni se le conocía lío con mujer alguna.

Un día Lidia, harta de reproches, estalló:

—Julito, querido, ¿a ti te gustan los hombres?

—Tú siempre con tus ocurrencias, mamá.

—Hijo mío, pues búscate un vicio. Francamente, Julio, tu manera de vivir nos está resultando inaguantable.

Pero fue aquel verano cuando Julio consiguió apuntarse una victoria. El número de invitados quedó reducido a muchos menos de la mitad. Para conseguirlo, tuvo que darle una pequeña lección de economía y deprimirla como nunca lo estuvo. Ella, la madre, llegó a sentir por primera vez el miedo. Por aquel tiempo acababa de arruinarse una de las grandes familias de la ciudad, lo que contribuyó a que se atemorizara mucho más.

—Julito, ¿quién lo iba a decir... con lo feo que eres? —bromeaba dando bastonazos en el suelo y admirando en el fondo la astucia de su primogénito. No por ello le era posible sustraerse al hechizo que sobre ella ejercía Jaime. Una mañana se desayunaba con Julio en la terraza —siempre que hiciera buen tiempo se desayunaban en la terraza—, mientras jugueteaba con el papel azul de una carta que había recibido la tarde antes y dijo:

—He recibido noticias de una antigua e íntima amiga mía. Una estupenda mujer que vive con su marido en Covadonga.

—¿La conozco yo? —inquirió Julio con tono desconfiado.

—Eras muy pequeño. Fue ella la que te regaló el elefante de trapo que tocaba el tambor.

Julio, con su costumbre de siempre, se limpió antes de hablar el cristal de las gafas.

—No sé quién es. ¿Qué le regaló a Jaime?

—Nada. No había nacido todavía.

Julio respiró tranquilo.

—Quiere que invite a sus hijas a pasar una temporada con nosotros. Les ha hablado mucho de esto. Y las chicas, que han nacido en el Norte, andan locas por conocer la ciudad.

Ya fuera por lo del elefante de trapo que tocaba el tambor, o porque aquella mañana —cosa inaudita— se había levantado de buen humor, lo cierto es que Julio no adoptó su acostumbrada actitud negativa y únicamente se limitó a preguntar:

—¿Son guapas?

—La madre era una mujer guapísima —aseguró Lidia. Luego se quedó callada, como soñando cosas. Julio le dio un beso en la frente y ni siquiera miró a Consuelo, a quien guardaba cierto rencor porque siempre había demostrado una preferencia enfermiza por Jaime.

Esto ocurría en mayo. En el mes de septiembre llegaban a la ciudad las niñas de Arlánzazu. Una se llamaba Isabel. La otra, Laura.

1958

CRISTINA NO PRUEBA BOCADO. Los tres gatos de la ventana pasan a la alcoba con el sigilo y la diplomacia propios de los felinos. Consuelo entorna los ojos no queriendo ver la ensaladilla de lechuga que según ella le hace daño al hígado, pero la enloquece.

—¿A qué hora sales con el hijo de Emma?

—A las seis.

—Entra mucha luz en este cuarto. ¿Quieres cerrar las persianas? ¿No vas a echar una siesta?

—No.

Los tres gatos, que esperan impacientes, apelotonados en el borde de la ventana, una ligera orden de Cristina para colocarse en la habitación y devorar insaciables media docena de sardinas, se marchan enfadados. *Montgomery,* sin embargo, ronca impasible.

1928

LA TARDE QUE LLEGARON a la ciudad las niñas de Arlánzazu, Jaime como de costumbre, no estaba en casa. Hacía ya dos días que no aparecía por allí. Fue Julio quien acompañó a Lidia al puerto, a regañadientes, porque no había nada más terrible para él que faltar a la oficina.

—Tengo que dar ejemplo, mamá. Yo no soy como «otros».

—Menudo ejemplar estás tú hecho.

El barco llegaba a las cinco. A las cuatro salieron ellos en el automóvil. Entonces no era como ahora. Se necesitaba tiempo para todo. Los caminos eran malos y un automóvil, en fin de cuentas, venía a resultar un artefacto de lujo que necesitaba —en donde apenas abundaban— muchos preparativos antes de ser puestos en marcha. El chófer —que se llamaba Raúl—, especialista en «mecánica automovilística», recién traído de París, era el hombre más presuntuoso del mundo. Tener un automóvil no era más que eso: un lujo. No una cuestión de velocidad.

¡Quién sabe! A lo mejor si hubieran alquilado unos borricos de los que se alquilaban entonces en un fondac, hubieran llegado antes. Naturalmente, Lidia Cardovan sólo pretendía impresionar. Su ingenuidad era una ingenuidad de anteguerra. Aquel día habían tenido una jornada de monstruoso ajetreo. Ya llevaban una semana de limpieza general. A medianoche, todo el mundo caía en la cama rendido. Se cambiaron los muebles del salón y del comedor por otros recién adquiridos en Londres y el pobre de Julio —que entonces debía de andar por los veinticinco— se había quedado en los huesos a fuerza de luchar y discutir con pintores, ebanistas, albañiles, carpinteros y hasta un decorador de origen italiano entonces de moda en la ciudad. Las disputas telefónicas con una agencia de transporte eran la comida del día. Sin contar lo de pagar facturas. Tenía Lidia por aquel tiempo una cocinera llamada Amalia, hija de un turco y una española, nacida en Orán. Mujer corpulenta, vestía larguísimas faldas y se cubría la cabeza con un pañuelo de hierbas. Se adornaba con gruesos aros de cobre. En una palabra, iba vestida como las gitanas. Echaba las cartas y sabía más de hechizos y de brujerías que de recetas de cocina. Preparaba unos platos extraños, condimentados con toneladas de especias. Confeccionaba un licor parecido al aguardiente de higos que hacen los hebreos, pero al que ella añadía no se sabe qué demonio de hierba, y al beberlo o se desmayaba uno o le desaparecían todos los dolores que en aquellos momentos tuviera. Los invitados de Lidia se volvían locos de entusiasmo con todo lo que saliera de sus manos.

Un año, en una cacería en la finca del Agla, Jaime, por capricho, mató apostado detrás de una encina media docena de cuervos. Amalia preparó una sopa —los pajarracos estuvieron hirviendo cerca de dos días en una olla renegrida— y la cosa fue como para chuparse los dedos.

La mañana de aquel día en el que se esperaba a las niñas de Arlánzazu, la casa ofrecía el aspecto de una verdadera colmena. Reinaba por todas partes una intensa agitación.

En la cocina, en la que siguen utilizando el carbón de hulla y cantidades fabulosas de leña, Amalia, despierta desde el alba, anda al pie de los hornos como el jefe de máquinas de un misterioso *Titanic*. La ayudan dos pinches. Una jovencilla de unos catorce años llamada Amina, hija de los guardas de la finca del Agla. Y otra, más zagalona, a quien llaman Esterica. Judía. Huérfana de madre. El padre, limpiabotas. En aquella cocina se preparan los rellenos, se hace el pan —faena sagrada ya que siempre, mientras vivió Lidia Cardovan, el pan que se comía en aquella casa fue amasado y calentado en aquellos hornos—. También se preparaban los *brioches* y los bollitos ingleses para la merienda. Los bizcochos de toda clase. Las tartas. Las salsas. En aquel templo del buen comer se molían las almendras, las nueces, las avellanas, para confeccionar luego los piñonates. Se preparaba la crema de helados, y la comida tenía un sabor distinto porque Amalia conocía el mérito del laurel, del orégano, del comino, de la guindilla, de la matalahúva, y todo sabía mejor.

Por aquel tiempo crecía en la carretera vecina a la casa un gigantesco cedro, de una especie poco común por aquellas regiones, aunque bastante similar a los que crecen en las montañas del Rif y del Atlas. Éste era un auténtico cedro del Líbano, majestuoso, inmenso, cuyas ramas rozaban la parte de la casa en que se hallaba la terraza y la cristalera de la sala. Entonces poseía la sala una especie de cristalera corrida con los montantes provistos de vidrios de color. Y a determinadas horas, en particular en las primeras de la mañana o al caer la tarde, el sol se filtraba por entre las ramas del árbol y repartía en finísimos rayos su luz por las paredes y los objetos que poblaban la sala, rayos que al quebrarse contra la superficie del vidrio formaba en el interior una lluvia carnavalesca de puntos de colores.

Luego, cuando Isabel modernizó la casa, ordenó la tala del cedro. La finca, como muchas de la ciudad, en cuanto soplaba el levante se convertía en una especie de barco en alta mar. Las puertas crujían como si fueran viejos mástiles. La caída de cualquier objeto pesado arrancado por la velocidad del viento, por ejemplo, una teja en el alero de los áticos, era suficiente para que pareciera el cañonazo anunciador de la presencia en el horizonte de una galera de piratas.

Poco antes de que Lidia abandonara su casa para salir hacia el puerto, se oyó el teléfono. Era Jaime, preguntando si ya habían llegado las niñas de Arlánzazu. Cuando la madre supo que Jaime no tenía la menor intención de volver aquella tarde a casa, se puso de un humor de perros. Llevaba un vestido de hilo color de ciruela, un sombrero cubierto de tules y un bastón con mango de marfil en forma de cabeza de perro —un *setter*— y daba bastonazos contra el suelo como si fuera un mariscal con batalla perdida.

* * *

Las niñas de Arlánzazu llegaron sanas y salvas. Laura tenía entonces veinte años; Isabel, veintidós. Llegaron cansadas, con unas bandas atadas por la cabeza y terminando en lazada cerca de una oreja, que entonces estaba muy de moda, lo que les daba un aspecto terrible de heridas de guerra. Con todo y con ello resultaban guapas. Isabel era entonces rubia. Rubia natural. Metida en carnes, con su nariz aquilina y picuda de siempre, y los ojos vivos aunque pequeños. Llevaba al cuello un larguísimo collar de ámbar y un vestido malva de seda. Laura iba vestida de blanco, era más alta que su hermana, más delgada, con los ojos de un azul claro, y el rubio de los cabellos más intenso. No lo llevaba cortado como el de Isabel, sino en tirabuzones a lo Mary Pickford, que le caían sobre los hombros. Laura era muy bonita, muy elegante, parecía inglesa, una de aquellas muchachitas que se veían con frecuencia dibujadas en las tapaderas de las cajas de bombones. Con una dentadura perfecta y un modo de andar como el de los gorriones, dando saltitos, o como los ángeles, pues parecía que de un momento a otro iba a echarse a volar. En cuanto llegaron, se encerraron en sus habitaciones y no bajaron hasta la hora de la cena. Una cena fría, en la terraza, a la que Lidia había invitado a todos sus amigos. Hacía una noche suave de fines de septiembre. El jardín estaba iluminado por infinidad de farolillos venecianos, y toda la terraza alumbrada. Habían contratado a un organillero y a un marica andaluz que llamaban «La Perla» y que cantaba fados y tanguillos gaditanos con una gracia inimitable. Pero las niñas de Arlánzazu no parecían impresionarse de nada. Al contrario, Isabel que presumía de vivir en su tiempo, sacaba de quicio a la vieja Cardovan.

—Ya no se necesita ir vestida de forma tan complicada para subir en automóvil —explicaba. Lidia intentaba explicarle que aquello estaría bien para otros lugares en donde las carreteras estaban perfectamente alquitranadas, pero allí, en el Monte, los caminos eran casi senderos polvorientos y había que estarse protegiendo constantemente de la arena y del viento. Además, Lidia siempre estuvo orgullosa de su automóvil, de su «Issotta Fraschini».

—Marcas que estuvieron de moda antes de la guerra. Pero hoy dan mejor resultado los coches americanos o los ingleses. Nosotros el año pasado vendimos una vieja *limousine* para comprarnos un Ford. Gastan menos gasolina y son más veloces... Y más cómodos. Tampoco se llevan ya los chóferes. Resultan de opereta.

Cuando a la madrugada Lidia subió a su cuarto, allí estaba Consuelo esperando para desnudarla. Y fue con ella con quien comentó sus impresiones.

—Me parece a mí que mi recepción de esta noche

ha venido a resultar para las niñas estas algo así como una representación al aire libre de *La Viuda Alegre* —se quejó incomodada—. Por lo visto estamos pasados de moda; y luego ese estúpido de Julio —con su famosa tacañería— ni siquiera ha permitido que este año renueve la suscripción al *Blanco y Negro*. Y no digamos nada de *The Sketch* o *Fémina*, que por tenerlo que pagar en libras o en francos me puso el grito en el cielo y se negó al abono. ¿Y qué me dices de Jaime? Ten hijos para esto. ¡Qué desfachatez! Hacerle a su madre semejante feo, no apareciendo en toda la noche. Esa franchuta me lo trae de cabeza.

En la cena fría, Isabel había enganchado en seguida con Julio. Se pasaron la noche hablando de negocios. Como que la mayor de Arlánzazu llegó a proponerle a Julio una participación en el negocio de galletas fabricadas por su padre.

—Estoy convencida de que el mercado indígena será un buen negocio. Y además, te vienen a salir tan baratas... ¿A cuánto pagas tú las inglesas?

Julio, admirado, exclamaba:

—Pero, mujer, no vayas a comparar... A tres cincuenta la lata FOB.

—¡Qué barbaridad! Eso es carísimo, Julio.

—Pero ya te digo: son galletas inglesas. Finísimas. Y además, el representar un producto que no tenga la suficiente calidad es quitarle prestigio a mi firma.

—¡No seas tonto, hombre! Nadie tiene que saber que es tu firma la distribuidora... Esas cosas se arreglan. De acuerdo en que las galletas que fabrica papá sean de una calidad menos exquisita. Pero el precio es una gran ventaja. Una cincuenta la lata CIF. Y como además te las vendemos sin etiquetar, tú mismo le puedes poner a las latas una etiqueta que diga «La Favorita», con una turca tumbada en un sofá igual que en *El asombro de Damasco*. Porque, Julio, tú dirás lo que quieras, pero tus famosas galletas sólo las comen los ricos. Mientras que las nuestras se venderían en cantidades fabulosas. ¿Qué mercado tienes, vamos a ver?

—De momento, y para mis productos, sólo la ciudad. Ya sabes que ésta es una ciudad cosmopolita, en la que se consume mucho producto extranjero...

Isabel Arlánzazu que entonces era una mujer sorprendentemente emprendedora, se indignó:

—¿Lo estás viendo? Mientras que las nuestras podrían venderse en todo el norte de Marruecos. Julio, hijo, son los pobres los que dejan dinero. Con una buena publicidad... Está visto y comprobado que las fortunas se hacen a costa de engañar a los pobres. Y no vendiendo exquisitas galletas inglesas a cuatro chifladas de la buena sociedad, y a los ricachones judíos.

—Probaremos...

—Nada de probaremos. Antes de que yo vuelva con mis padres tienes que hacernos un pedido. Y un pedido importante.

Julio se echó a reír. Por primera o segunda vez en su vida. Parecía otro. Y eso que Isabel hacía sólo unas cuantas horas que había llegado. Lidia Cardovan, cuando se tropezaba con Consuelo, que andaba también repartiendo copas de sangría para ayudar a las otras mujeres del servicio, la llenaba de codazos.

—¡Vaya niña! —le susurraba.

En cambio, la hermana, Laura, era más modosa. Se la oía hablar en inglés, sentada en los escalones de piedra que llevaban al merendero, con uno de esos viejos militares ingleses que viven retirados en el Monte con la misma indiferencia que si vivieran en Bombay. Aquella noche las niñas españolas bailaron el chotis y se presentaron en el momento cumbre de la cena ataviadas con prodigiosos mantones de Manila. Se hicieron aplaudir de todos los invitados con sus monerías.

—Laura me gusta más —confesaba más tarde Lidia a Consuelo, cuando se dejaba desnudar en su cuarto y había llegado la hora de las confidencias—. Es más tranquila.

Pero Consuelo la atajaba:

—Hay un refrán que dice: «Del agua mansa nos libre Dios...»

Lidia quiso contestar algo, cuando llamaron a la puerta.

—¿Quién será?

Era Amalia

—¿Qué quieres Amalia?

—Vengo a decirte que me marcho.

Lidia frunció el entrecejo.

—¿No estás contenta? ¿Quieres que te aumente el sueldo? Ya conoces a Julio.

—No es eso.

Amalia era una mujer de pocas palabras.

—Tengo que ir a Baeza a recoger a una hija que tengo en un colegio de monjas...

—Yo creía que no tenías a nadie.

—Esa hija. Me la quiero traer aquí conmigo unos días. Si a usted no le importa...

—Mujer, claro que no me importa. Pero ahora tenemos la casa llena de invitados. ¿Por qué no me lo dijiste antes?

—Porque sólo ahora es cuando me he decidido a sacarla de allí. Si usted no me da el permiso, yo me marcho y no vuelvo más.

—¡Qué testaruda eres! Claro que te doy ese permiso. ¡Qué le voy a hacer!

—Esterica y Amina están bien enseñadas. Pueden cumplir. Yo sólo voy a estar fuera una semana. El tiempo justo de ir y volver. A condición de que me la deje usted vivir conmigo.

—Sí, Amalia, sí. En el pabellón hay un cuartito en el que muy bien podéis vivir las dos. No sabíamos nada de esa hija.

—Tiene dieciocho años. Lo he sacrificado todo por ella. Hace tres años que no la veo.

—Está bien. Ya sabes que no te puedo decir que no. Para mí eres imprescindible.

Lidia Cardovan sacó de un bolso de terciopelo granate cinco duros de plata.

—Toma. Para que le compres a tu hija lo que más te guste.

Amalia no dijo nada. No decía nunca nada. Parecía como si le costara trabajo hablar. Salió de la alcoba de su señora sin hacer ruido.

—Amalia —la llamó Lidia sin alzar mucho la voz. Y Amalia apareció de nuevo en el umbral.

—¿Cómo se llama tu hija?

—Bárbara.

Y se fue.

1958

DAVID LLEGA A LAS SEIS. Cristina está sentada en la sala, en el butacón en que Isabel suele descansar por las tardes, después del almuerzo. *Montgomery* dormita en su falda. David entra por la terraza, y al dibujarse su sombra en la pared. *Montgomery* da un salto como si hubiera visto al mismísimo demonio. El micifuz se pierde bajo un macizo de hortensias. El muchacho calza unos zapatos de lona azul con suela de esparto, que no hacen ruido al pisar. Lleva un pantalón también azul y una camisa de popelina celeste, con el cuello abierto.

—Lo has asustado —le reprocha Cristina, levantándose y sacudiéndose la falda.

—Lo siento. ¿Has esperado mucho?

—No. Nada. Eres muy puntual —asiente Cristina mientras se retoca el cabello frente al inmenso espejo dorado de la sala.

—Tiene mucha luz esto —confiesa David—. Y es bonito.

—Es nuestro cuarto de estar, nuestro salón, nuestro comedor, nuestro todo.

David echa un vistazo a la terraza y descubre las glicinas.

—Las plantó mi abuela. Estuvieron muchos años sin crecer. Yo creo que toda mi vida. Sólo el año pasado florecieron de nuevo. ¿No es raro?

—Sí. A mamá le entusiasmaría tenerlas en su veranda.

—Le dije a Consuelito que se encargue de facilitarle la semilla.

—¿Sabes una cosa? Nos han regalado un «cocker».

—¿De veras? Yo estoy loca por un perro. Y precisamente me gustaría un «cocker». Los caniches son muy histéricos. Y además parecen perros de «Poule de luxe». Los «fox-terrier» pelo duro son demasiado nerviosos. Los pequineses, cursis. Un galgo, decadente. Un dogo, estupendo; pero imposible de entretener. En cambio, un «spaniel...» Pero mamá odia los perros.

—Cuando volvamos de casa de tía Sara podremos verlo, si quieres.

Cristina dijo que sí.

—Le telefoneé esta mañana a la tía diciéndole que íbamos. Ella no te recuerda muy bien, pero se puso muy contenta. Conoció mucho a tu abuela. La encontraba una mujer estupenda.

—Yo no recuerdo a mi abuela. Murió siendo yo muy niña. Y lo curioso es que en esta casa no conservamos de ella ningún retrato, ninguna fotografía. Tengo que preguntarle a Consuelo. Dice que yo me parezco a ella.

—Tú no te pareces a nadie —lanzó de pronto David. Cristina se echó a reír. Era una risa límpida, sonora, que retumbó por la sala y fue a parar al rincón de las hortensias en el que dormitaba *Montgomery* que vino a la puerta de la sala y asomó el hocico, asombrado.

—La pobre tía Sara no sale desde que ocurrió «aquello» —explicó David.

—¿Qué fue? —preguntó Cristina, que no recordaba.

—Lo de mi primo...

—¡Ah, sí!

—No te extrañe si a veces durante la conversación desbarra. Tiene bastantes años. Muchos más que mamá. Se casó muy tarde. Y mi primo, como yo, fue hijo único. No sé si te lo he dicho, pero tendremos que quedarnos a cenar. Ha insistido mucho. Y yo no me he atrevido a decirle que no.

—Haces bien en decírmelo. Voy a avisar a Consuelo. No se encuentra bien, y se inquietaría si viera que tardo.

El muchacho, apoyado contra la chimenea, se quedó observando a Cristina. Llevaba ésta un vestido ligero, como de perçal, con cuadros rojos y blancos, muy sencillo. Se había peinado los cabellos estirándoselos con descuido por la espalda y atándoselos a la cabeza con una cinta roja. Calzaba unos zapatos de tacón de box-calf rojo. *Montgomery* atravesó la sala para seguir a su ama, tal vez con la intención de defenderla de cualquier enemigo por él imaginado que pudiera asaltarla en los pasillos.

Cristina volvió en seguida. Empezó a cerrar persianas. La sala quedó a media luz. Los rayos del sol eran tenues. Los últimos de la tarde.

—¡Vámonos! —dijo casi rozando con sus cabellos el rostro de muchacho.

David la tomó despreocupadamente de un brazo.

—Tengo el coche fuera.

Salieron por la puerta principal, por la del porche. *Montgomery* se quedó quieto, sentado junto a un rosal, tristísimo de ver partir a su ama. En el horizonte, el calor empapaba de rojo unas cuantas nubes. Las cigarras habían enmudecido. Las ranas y los grillos iniciaban sus primeros compases. Una moderna y complicada sinfonía.

—Si te parece bien, antes de ir a casa de tía Sara, damos una vuelta. Es temprano aún. Allí no se cena antes de las siete y media. —El coche de David era un «Simca» rojo. Un dos plazas.

—Me lo compró mamá cuando murió Jacky. Yo estaba entonces muy deprimido. La pobre tuvo que vender un terreno. El único que nos quedaba en una calle céntrica. A un precio de buitre.

Cristina llevaba bajo el brazo una chaquetilla de lana rosa. Pero tuvo que echársela por los hombros porque sintió frío. En aquellos instantes se parecía a Isabel. El resto era casi idéntico.

* * *

David sacó del bolsillo del pantalón un paquete de cigarrillos. Le ofreció uno a Cristina, que lo rechazó con una sonrisa. Él se lo llevó a los labios. Permaneció callado mirando el paisaje.

Cristina también parecía absorta. El juego de las olas, al bordear con sus espumas una franja plateada de mar, visto desde lo alto de la carretera con la interminable cadena amarilla que formaban las playas desiertas, invitaba al silencio. Para Cristina, el mar tenía algo vivo, inquietante, misterioso. Algo que venía a formar parte de su mundo. Algo que había compartido sus primeros años de encierro en el armario del pasillo. Para David, el mar tenía algo de muerte. Algo de cansancio y vejez que sólo podía traer a su mente recuerdos que él intentaba rechazar. El murmullo lejano de las olas, al desenrollarse en la arena de las playas, era suficiente para que despertara en él toda una secuencia de viejos recuerdos. Para que abriera, sin ninguna piedad, una herida que con frecuencia creía plenamente cicatrizada.

1947

JACKY ERA MÁS JOVEN que David. Tres años más joven. David lo llevaba de la mano por todo el jardín y le enseñaba los rincones más insólitos, asustándolo, porque Jacky, como todos los niños más pequeños, era miedoso. El padre de David era inglés. De joven vivió en Egipto. Y a su hijo, además de inculcarle bien los Evangelios, le enseñó también a no tener miedo de nada. Con Emma dejó de hablarse toda la familia por haberse casado con un cristiano. Bueno, toda la familia no. Sólo tía Sara venía a visitarla, y cuando venía lo hacía acompañada de Jacky. Los dos niños estaban siempre juntos. Emma, tan desbocada, hablaba de las grandes fortunas. Tommy, ella y el niño se habían considerado como una especie de proscritos. Cuando veía a los primos juntos, sentados en el jardín, jugando bajo el jazminero, gritaba entusiasmada:

—Mira a los niños, Sara. Parece un Gainsborough. Hacen una pareja deliciosa.

1956

DE MAYORES —David dieciséis y Jacky trece— tuvieron un disgusto. El mayor había terminado sus estudios en el liceo. Tía Sara había enviudado y ya no le importaba recibirlos en su casa. Una tarde fueron los dos a verla (Emma-David). Estaba enferma, con un ataque de hígado o algo por el estilo. Jacky, que se hallaba en la terraza, salió al encuentro de ellos, entusiasmado. Emma lo besó y siguió hacia el interior, rumbo a las habitaciones de tía Sara. David se quedó con Jacky. Llevaba éste una lámina de papel en la mano, que lleno de contento le mostró al primo. Era un dibujo. Una acuarela. Algo que le habían premiado en el colegio. Una especie de paisaje bastante surrealista. Hay veces en que fuerzas ajenas a nosotros mismos nos impulsan a obrar de manera demoníaca. Necesitamos hacer daño como cualquier otra necesidad de carácter fisiológico. David recordaría más tarde, en relación con aquel acto, un fragmento sobre la potencia maligna del pecado, entresacado de la Epístola de San Pablo. Su padre solía leérselo con frecuencia: «Porque no sé lo que hago; pues no pongo por obra lo que quiero, sino lo que aborrezco, eso hago. Si, pues, hago lo que no quiero, reconozco que la Ley es buena. Pero entonces ya no soy yo quien obra esto, sino el pecado que mora en mí. Pues yo sé que no hay en mí, esto es, en mi carne, cosa buena».

David cogió entre sus manos la obra de Jacky y la destrozó. El chiquillo —entonces con trece años— palideció intensamente. Se mordió los labios. Y escapó hacia el rincón más negro de la casa. David no lo vio en toda la tarde. Volvió a la villa del Monte, con Emma, la madre, pero entristecido. Persuadido en el fondo de que a la mañana siguiente Jacky lo perdonaría. Sobre todo si, como tenía pensado, le regalaba su mejor raqueta de tenis. Volvieron en autobús. Emma iba muy elegante y él inclinó la cabeza sobre los hombros de ella. Todo el mundo, en el autobús, los miraba.

* * *

Pasó una noche horrible. Contando las horas. En una espera impaciente y endemoniada de las primeras luces del amanecer. Oyó cantar a un pájaro solitario y corrió para abrir la ventana confiado en que ya era de día. Pero del cielo colgaban aún bastantes estrellas. A las seis de la mañana pidió un taxi y con la raqueta debajo del brazo se plantó en la casa de tía Sara. La verja del jardín ya estaba abierta, pero en la casa todo andaba cerrado y al llegar a la puerta grande no se atrevió a llamar. Así estuvo esperando una hora. Vio cambiar de tono y de luz cada macizo, cada planta, cada árbol del jardín. A las ocho, llamó. Le abrió la vieja Anita. Una criada muy antigua en la casa. Nada más verlo le soltó:

—La señora no puede recibirlo.

David la miró, asombrado:

—Pero, Anita, si soy yo, su sobrino...

La mujer no movió un solo músculo de su rostro.

—Sí, lo sé —contestó tras una breve pausa—. Además, la hora que es... Espere un momento —susurró sin invitarlo a pasar. David entró en el vestíbulo y cerró la puerta. Se quedó como cualquier extraño, dando zancadas de un rincón al otro. Como si aquella no fuera la casa de su tía. La vieja volvió consternada.

—Lo siento, pero la señora no quiere recibirlo.

—¿Y mi primo? ¿Es que no está Jacky en la casa? ¿Tampoco quiere verme mi primo?

—Al señorito Jacky se lo llevó ayer su tío Ezequiel.

—¿Adónde?

—No lo sé.

El muchacho se sentó abrumado en uno de los sillones del vestíbulo, con la raqueta languideciendo en uno de sus brazos y un cierto aire de trovador burlado. Al ver que la criada permanecía de pie, con la puerta abierta, como invitándolo a partir, se levantó y salió de la casa de su tía completamente destrozado.

En cuanto llegó a su casa, la madre, que estaba todavía en la cama, al ver el semblante de su retoño adivinó que algo ocurría:

—Tía Sara no ha querido recibirme —explicó David. Y arrodillándose a los pies de la cama, el hijo se lo contó todo.

—Es inútil, mamá. Tía Sara no quiere recibirnos. No quiere saber nada de nosotros.

Emma, que había adoptado una actitud y una postura que oscilaban entre la de vestal griega y célebre actriz de Broadway, miró a su hijo con ojos enrevesados. Se llevó una taza de té a los labios, pues acababan de servirle el desayuno, mordisqueó una tostada, acarició un vaso rebosante de jugo de naranja, y no dijo una sola palabra.

—Yo sólo deseaba conocer su reacción, mamá.

Una semana más tarde, Emma acompañaba a su hijo al aeropuerto. Lo mandaba a París para que ampliara en una determinada escuela sus ya empezados estudios comerciales. Allí en París, por una prima lejana, supo David que Jacky estudiaba en Aix-les-Bains. Era un colegio de altos estudios rabínicos.

1957

EMMA SE SINTIÓ de pronto terriblemente desamparada. Aprovechando la muerte de su viejo administrador, hizo venir a su hijo de París. Necesitaba que alguien se hiciera cargo de sus rentas. Al muchacho le pareció estupendo volver. Estaba cansado del cielo de París. Llevaba un par de días en la casa cuando una mañana llamaron por teléfono. Era tía Sara. Los esperaba para almorzar. Jacky también había vuelto para pasar con ella las fiestas del Pessah y a lo mejor se quedaba hasta que llegara el verano, porque el aire de los Alpes Marítimos no le sentaba bien.

La criada que les abrió la puerta no era la vieja Anita, y despistada los pasó al salón. Emma y su hijo se echaron a reír. Encontraban aquello divertido.

—Nos toma por unos extranjeros... —musitó Emma, encendiendo un cigarrillo.

David se repantigó en una butaca. Intentaba disimular su nerviosismo.

Poco después llegaba Sara, muy bien vestida. Hubo besos, lágrimas, frases entrecortadas y una profusión angustiosa de lirios multiplicándose por los espejos, esparcidos en todos los jarrones de la estancia.

—¿Y Jacky? —preguntó David, disimulando mal su impaciencia.

—Ahora viene, querido.

Las dos mujeres se sentaron en un diván mientras David se paseaba por entre un bosque de vitrinas contando abanicos. Empezaba a aburrirse soberanamente cuando oyó a sus espaldas una voz:

—¡David!

Y al volverse tropezó con un muchacho delgado, imberbe, que llevaba un traje de franela gris bien cortado y una corbata roja de lanilla escocesa que estallaba en la blancura de una camisa de seda. Tenía un rostro bastante curtido por el sol y un mechón de cabellos estorbándole en la frente. En los ojos reconoció a su primo. Recordó que de pequeño una institutriz succa que tenía, solía recogerle aquella especie de cresta insoportable con una horquilla de plata. Se abrazaron.

—¿Me guardas todavía rencor? —preguntó, sin ningún tacto, David.

Pero Jacky no contestó. Lo cogió de un brazo y salieron juntos al jardín. Como siempre, hacía un tiempo espléndido.

—Te he recordado mucho estos últimos tiempos, David —confesó Jacky.

Pero, en el tono de voz, David descubrió un escondido resentimiento.

* * *

Estuvieron saliendo juntos hasta que ocurrió «aquello». Todo el mundo creía que Jacky era mayor. Sus catorce años resultaban inconfesables. Iban a todas partes. O no iban a ninguna. Se quedaban leyendo. Unas veces en la casa del Monte; otras, en la del Marshán. Leían o charlaban asediados por las meriendas de Emma y de Sara. Cuando almorzaban en el Monte, lo hacían a la sombra de un árbol, lejos de la veranda. Un árbol que los protegiera de las reverberaciones del mar. Con cuervos que levantaban el vuelo desde las oscuridades de una frondosa higuera. O bajo el toldo, en el jardín, más estilizado, de tía Sara.

—Tú le haces mucho bien a Jacky, mi rey —le decía ésta una tarde a su sobrino—, y Jacky te adora. Cualquier gesto despectivo tuyo, involuntario, porque tú no escondes contigo ninguna maldad, puede hacerle mucho daño. Ten en cuenta esto, David. Tenlo siempre en cuenta de ahora en adelante. Porque Jacky te quiere muchísimo y es una criatura demasiado sensible.

Y un buen día, David fue en busca de su primo, y su primo no estaba en casa. Tía Sara había salido de compras. Telefoneó desde el Monte. Su tía le explicó que el muchacho estaba invitado y pasaría todo el día fuera. En el fondo, a David le molestaba que su primo no le hubiera hablado de aquella invitación. No quiso insistir. Emma andaba liada en un pleito por un viejo terreno, y David, durante unos cuantos días, sólo contaba con el tiempo justo para ocuparse en aquel asunto, relegando de momento su primo a segundo término. Un domingo volvió a llamarlo. De nuevo volvió a coger el teléfono tía Sara. Tenía un acento extraño. Como de haber llorado.

—¡Ah! ¿Eres tú, David? Sí, hijito. No. Jacky no está. Se lo ha llevado su tío a pasar unos días en el Sur.

David se sintió defraudado. Triste sin saber por qué. No conocía a casi nadie en la ciudad. Jacky lo distraía mucho. No comprendía a qué obedecía aquel apartamiento. Le parecía cosa premeditada. El tío Ezequiel era el Richelieu de la familia. Siempre maniobraba en la sombra.

—«Bajo el manto escarlata» —ironizaba con frecuencia Emma—. Ya está Sarita enredada en los muarés sangrientos de esa maldita capa.

Una tarde estuvo a merendar en la casa del Monte una vieja prima de Emma. Se llamaba Sonia. Se pintaba como un carromato. Y tenía más años que Matusalén. Pero ella, siempre que hablaba con Emma, decía:

—¿Te acuerdas de cuando jugábamos de pequeñas?

Y a Emma aquello le hacía mucha gracia. Porque Sonia era prima de su madre y podía muy bien haber sido abuela de David.

—No te veo ahora con Jacky en los asaltos, David...

—No. Estoy muy ocupado —contestó David, cortando la risa furiosa de la vieja prima—. Además, creo que ahora Jacky tiene otros amigos con los que lo pasa muy bien.

Sonia alarga un brazo, nudoso como el tronco de un sauce llorón, ensartado de pulseras de oro, hacia una fuente y escoge un hermoso pastel de chocolate y moka.

—¿Tú crees? —pregunta con sorna la prima Sonia, y con la boca llena intenta encender un cigarrillo. David le tiende un mechero.

La vieja, en un intento terriblemente sobrehumano,

consigue cruzar las piernas. Unas piernas finas. De mujer joven. Bien enfundadas en unas medias color de avellana. Con unos zapatos de tafilete rosa que le sientan como un tiro.

—Al menos es eso lo que me dice tía Sara cada vez que lo llamo por teléfono.

—Jacky no tiene ningún amigo. Es un muchacho solitario. Lo que ocurre es que anda de por medio ese bandido de Ezequiel, el hermano de su padre. Un fanático. Un atrasado. Hijo de rabinos. Siempre está haciendo lo imposible por separaros a ti y a tu madre de la prima Sarita y de Jacky.

—Eso es absurdo —comenta David.

Emma, que asiste perpleja al diálogo, añade:

—No puede ser.

—¿Por qué? —reconviene Sonia—. ¿No veis que si algún día muere todo irá a parar a manos de su único sobrino? Y él no desea en modo alguno que su sobrino se aparte de nuestras creencias, de nuestras costumbres, de nuestros atavismos.

—Bueno, eso es correcto —juzgó David.

—De acuerdo. Pero ¿a qué tiene que meterlo en un colegio de estudios rabínicos cuando el muchacho no tiene vocación?

—¡Qué horror, pobre Jacky! ¿Cómo es posible que mi hermana Sara, tan civilizada como ha sido siempre, permita semejante destino?

—Porque, querida Emma, tu hermana no tiene un céntimo.

—¡No me digas!

—Tu cuñado se gastó la dote y lo que él tenía con una querida inglesa. Y eso que a ti te criticaron siempre por haberte casado con un inglés. La casa la tiene hipotecada. Y es Ezequiel el que los librará de la hipoteca imponiendo como condición que Jacky...

—Pero, Sonia... —cortó Emma—. Eso parece mentira.

—Cierto y muy cierto. Vivís completamente alejados de la realidad. ¿Y a que no sabes la patraña que se ha inventado ese maldito de Ezequiel para apartar a tu hijo de Jacky?

—No. —confirmó Emma.

—Que tu hijo era una persona que podía pervertir a Jacky. Que estaban demasiado tiempo juntos. Y que los hombres juntos demasiado tiempo...

—¡Calla, Sonia! —gritó Emma cerrando los ojos.

David no supo qué decir. Ni qué hacer. En el fondo de todo aquello le parecía que había algo de cierto. Jacky significaba demasiado para él. Optó por callarse. Dejaría correr el tiempo. Emma fue la que se llevó un sofoco tremendo. Desde entonces empezó a sentir un profundo amor por todos los árboles.

* * *

Una tarde —ya a mediados de verano— estaban Emma y David en la veranda cuando vieron que empujaban la verja del jardín, y aparecieron de pronto tía Sara y Jacky. Venían muy bien vestidos y con una sonrisa de premeditada satisfacción en los rostros.

—¡Sara! —se alegró Emma. Al fin y al cabo era su hermana.

—Hemos venido para ver qué os ocurría. Ni siquiera telefoneáis preguntando cómo estamos en casa. Antes David llamaba todos los días.

—¡Sara! ¿Por qué mientes? —atacó Emma.

Jacky había cambiado de color.

—¡Hola, David! —le dijo al primo. Pero no quiso darle la mano. Tampoco David hizo ademán alguno. Permaneció inmóvil.

Tía Sara se echó a llorar.

—Estamos en manos de Ezequiel.

—Eres cobarde, Sara. ¿Por qué no te vienes a vivir con nosotros?

—¿Y nuestra casa?

—Esa casa no es la tuya. Tu casa es ésta. Mamá nos educó a la inglesa. Siempre vivimos en el Monte. Alejados de esa peste hipócrita. Deja que se pierda la casa. Que se vaya a vivir a ella Ezequiel, o que la convierta en una sinagoga.

—¿Y Jacky?

—Vivirá con nosotros. Lo que es mío y de David es tuyo y de tu hijo.

—Lo siento —intervino Jacky—. Yo he decidido volver a Francia.

—¿Lo dices en serio? —se encaró David.

—Sí. He venido a despedirme. Y a invitaros a pasar unos días en casa antes de que salga para Aix-les-Bains.

Emma y David se quedaron de piedra. Emma estuvo a punto de rechazar la invitación, pero al ver en el rostro del hijo dibujado un gesto de contrariedad, se contuvo y aceptó.

—De acuerdo.

—Emma, querida, yo hubiera querido que Jacky estudiara una carrera...

—Ezequiel y su familia fueron siempre unos fanáticos. El menos indecente de todos ellos fue tu marido y... ya lo has visto. Gastó toda su fortuna y la tuya acostándose con una inglesa.

Aquella misma tarde cerraron la casa del Monte y se fueron a vivir con tía Sara todo el tiempo que Jacky permaneciera en la ciudad.

—¿Y no le importará a Ezequiel que los primos vuelvan a salir juntos? —preguntó con sorna Emma.

Jacky enrojeció.

—Ésa ha sido Sonia —acusó tía Sara—. Seguro. Otra que toda su vida estuvo queriendo casarse con Ezequiel y, como no lo ha conseguido, ya no sabe lo que va a inventar.

* * *

Volvieron una vez más a salir juntos. A charlar horas y horas a la sombra de un árbol. Jacky se mostraba orgulloso de su colección de cajas de cerillas. Todas las mañanas bajaban a la playa. Una playa muy pequeña, de arena húmeda y terrosa, que se encontraba a los pies de la casa. Se zambullían en el mar y luego, tendidos en la arena, se secaban al sol. A la vuelta, Emma y Sara los esperaban sentadas en la terraza, bajo el quitasol, y allí tomaban un aperitivo. Los cuatro eran verdaderamente felices.

Una mañana, después de una noche de un levante espantoso en la que el viento no había dejado de soplar, los dos primos se desayunaban en la cocina. Era muy temprano. Todos habían dormido mal. Cuando el levante no se espera, hay siempre puertas y ventanas mal cerradas que durante la noche no cesan de dar golpes. Luego, los perros que ladran todo el tiempo. El aroma del café los puso de buen humor. La cocinera iba de un lado para otro preparándoles el desayuno. Fue entonces cuando alguien llamó al timbre de la puerta grande. David dijo:

—Es el lechero —y añadió en tono de broma—: Como en las películas americanas.

Pero la mujer que salía de la cocina limpiándose las manos en el delantal, exclamó:

—El lechero nunca llama a esa puerta.

Volvió poco después trayendo en la mano el papel azul de un telegrama. Se lo entregó a Jacky. El muchacho rasgó aquella especie de sobre y, desplegándolo, lo leyó. Luego clavó sus ojos en el rostro del primo:

—Es un telegrama de tío Ezequiel. Cambia de programa y regresa mañana —anunció.

David quiso descubrir en el tono de voz un insoportable cansancio. Como si deseara disculparse de no se sabía qué.

—Jacky, si tú quieres, nos marchamos —propuso—. Nos vamos los dos a Londres. Allí encontraremos algo. Nos defenderemos.

Jacky no contestó. Se limitó a volver el rostro hacia la pared y quedarse callado. Inmóvil. Con el peso de sus catorce años. David ni siquiera terminó el desayuno. Oyó la voz de la madre en el jardín mezclada con la de tía Sara.

—Mira —le decía Emma a su hermana—. El viento ha destrozado estos rosales.

—Por eso yo no quisiera en este jardín más que geranios. Y si planté este rosal fue por no despreciártelo. Para que no hubiera más disgustos entre nosotros. *Pour ne pas me montrer grossière.*

—Pues en el mío yo procuro tener toda clase de flores. Mi ilusión sería convertirlo en un jardín botánico. Madame Augé me ha mandado este año, de Haití, un hibisco.

—Tu jardín está más resguardado. Hay árboles.

—Sí. Hay árboles —repitió Emma, con inusitada ternura.

Luego se las vio atravesar una parte de la terraza. Llevaban a la cabeza unos amplísimos sombreros de paja. Parecían viejas estatuas chinas a las que el viento, de pronto —el viento de los primeros días de primavera—, consiguiera poner en movimiento. David se levantó sin mirar a su primo y se reunió con las dos mujeres en el jardín.

—Hoy he dicho a Rejma que prepare un cuscús. A Jacky le encanta.

—Y a nosotros. ¿No es cierto, David?

—Sí, mamá.

—¿Dónde está Jacky?

—Terminando el desayuno. Ha recibido un telegrama de su tío. Llega mañana —al decir esto, el muchacho miró a su madre. Tía Sara se lamentó como una chiquilla que pierde su juguete favorito:

—¡Qué fastidio!

—Creo que debemos volver a casa, David. No podemos tener tanto tiempo nuestros asuntos abandonados.

—Pero no ahora —protestó Sara infantilmente—. No antes de probar mi cuscús. Nunca os lo perdonaría.

—No, mi bueno. No. Ahora no. A la tarde. Nos iremos a la puesta del sol.

En esto apareció Jacky. Llevaba colgado del hombro un saco de lona con las cosas del baño.

—Voy a bajar a la playa, mamá —(siempre decía: «Vamos a bajar a la playa»).

—¿Con este viento? —se escandalizó Emma—. ¡Tú no vayas, David!

David no opuso ninguna resistencia. Comprendió que aquella mañana Jacky deseaba ir solo.

—¿Cómo lo dejas ir, Sara?

—Mi hijo nada como un pez. Y además es prudente. No tardes, mi rey, hoy tenemos un plato de los que a ti te gustan.

Jacky desapareció tras el naranjo. Saltó la balaustrada. Y escogió un sendero abierto entre las rocas que venía a perderse en lo hondo de la playa.

David se pasó casi toda la mañana leyendo. Tía Sara y Emma unas veces jugaban a las cartas y otras, cuando se aburrían de hacerse trampas, hablaban de su niñez. Tía Sara hizo que bajaran del desván un baúl cargado de juguetes «de cuando ellas eran niñas». Había momentos en los que se las oía reír, y otros en los que las voces se quebraban. El reloj del vestíbulo dejaba escapar su carillón de estruendosa *sonnerie*, que retumbaba por toda la casa. Luego el viento producía un lastimero silbido, queriéndose colar por el resquicio de todas las ventanas. Pasó mucho tiempo. Hasta que se oyó la voz de tía Sara en el *office*, que preguntaba con acento preocupado. Volvía al salón:

—¡Qué raro! Estoy inquieta. Jamás tarda tanto.

—¿Por qué no bajas a la playa, David? —pidió Emma a su hijo.

Pero tía Sara lo retuvo:

—No. No vayas, David. Ya vendrá él. A veces, sí, cuando le ocurre algo molesto, suele tardar. A Jacky hay que respetarle sus momentos de soledad.

Se sentaron los tres en el inmenso diván y se quedaron callados, esperando. Sólo al viento se le oía ir y venir a sus anchas por toda la casa.

1958

Tía Sara había sido educada a la inglesa. Su casa tenía tres plantas. Estaba pintada de rosa. El tejado era de pizarra negra. Y las ventanas, muchas, desaparejadas, algunas convertidas en graciosos balcones pintados de blanco.

Tenía un jardín medio regular. Sembrado de geranios. Nada más que de geranios. Los había de todas las especies. Desde el «Lief» rosa pálido al escondido «Beauté Poitevine». Allí estaba el «Madame Salleron», más apreciado por sus hojas que por sus flores; el «Madame Crousse», loco por suspenderse en torno a cualquier muralla, y hasta las especies más recientes, como el «West Brighton», o la más antigua, como el «Meteor». Crecían de forma prodigiosa. Sólo destacaba una esquina del edificio, asustada de aquella invasión. También, en una pequeña pérgola con balaustrada que daba al mar, se aburría solitario un naranjo de naranjas agrias. La casa estaba rodeada de un muro inclinado, pintado de cal blanca, todo él cansado de tanto geranio. Una verja de hierro de la que arrancaba una escalera de mármol y en lo alto de la verja una cifra en hierro forjado: 1895. La puerta de entrada era grande, de madera de roble tallada, vigilada por dos columnas de piedra gris que sostenía un tejadillo de vidrios azules oscurecidos por la mancha de la buganvilla. Las columnas tenían unos bajorrelieves de loza muy *modern style.* Borrachera de cardos borriqueros.

David llamó al timbre. Abrió la puerta una mujer menuda, de mediana edad, encorvada, vestida de negro, con delantal blanco y andares de grajo.

—¿Está la señora?

—Está en su cuarto, pero no tardará en bajar. Si quieren pasar al salón...

El orden reinante era perfecto. Los suelos lanzaban el brillo intenso de un encerado recalcitrante. Las paredes —las del vestíbulo— estaban tapizadas de damasco rojo. Los muebles —escasos— que llenaban aquella pieza, eran de estilo español. El salón le pareció a Cristina una inmensa jaula circular en la que se mezclaban toda clase de muebles. Emma solía llamar a aquello la almoneda. Abundaban los ingleses, en particular los «Chippendale», «Adams» y «Victorianos».

Inevitables apliques Luis XVI, cornucopias, dos espejos venecianos, jarrones de todas clases, una araña de cristal inmensa, litografías, algún que otro oscuro paisaje cargado de bruma, melancólicas marinas con olas que no terminaban de estrellarse nunca y —como en toda casa rica de la ciudad— un Tapiró se alzaba por detrás de una vitrina hinchada de abalorios. Algunos candelabros encendidos y las cortinas de las ventanas corridas, prestaban a todo el conjunto un no sé qué misterioso y bello.

—¿Por qué no abren las ventanas? —quiso saber Cristina.

Se respiraba mal entre tanto mueble. David corrió una de las cortinas y enseñó el ventanal. Aparecieron entonces gruesos tablones que condenaban el ventanal. Todas las ventanas de la casa que daban al mar estaban condenadas.

—No son feos estos muebles —señaló Cristina. Pero en el fondo no le gustaban. Encontraba en ellos una cansina tristeza.

—Todos estos muebles (o casi todos) pertenecieron a un barco. Un barco inglés que a mediados del siglo pasado vino a encallar por estas playas. Y gracias a él se enriqueció la familia del marido de tía Sara.

—Eso tiene gracia.

—No. No tiene mucha gracia. Quien mandaba aquel barco era un joven capitán inglés a quien por primera vez habían encomendado el mando de un navío de semejante importancia. Al ser informado por los expertos de la gravedad del percance ya que el barco en cuestión nunca jamás volvería a flote se suicidó. Su cuerpo se lo tragó el mar para siempre.

—¡Qué dichosa ciudad! Siempre llena de leyendas.

—Sí. Es cierto. De leyendas absurdas y de personajes absurdos también —asintió David.

La mujer que parecía un grajo apareció reflejada

en el cristal de uno de los espejos, iluminado su rugoso rostro por el resplandor de los candelabros.

—La señora los espera en el comedor.

David y Cristina se echaron a reír.

—Tía Sara está cada vez peor —se disculpó el muchacho—. Siento haberte traído, Cristina.

Cristina tomó la mano de David y esbozó una sonrisa:

—No te preocupes. Lo estoy pasando muy bien.

El comedor era una pieza «más sencilla». Menos cargada. Los muebles eran de estilo isabelino. En el aparador se mezclaban los objetos de plata con las brazadas de geranios.

—No quiero otra flor —dijo de pronto una voz a espaldas de los muchachos.

—Ésta es Cristina, tía Sara —presentó David.

—¿Cómo está Lidia?

—¿Lidia?

—Lidia era su abuela.

—Mi madre se llama Isabel —sonrió Cristina estrechando la mano de la mujer.

—¡Ah, sí, Isabel! No la conozco. Yo conocía a tu abuela. Era una mujer estupenda. De lo mejor. Claro que entonces yo era muy niña. Solíamos ir a merendar Emma y yo a su casa. ¿Vivís todavía en el Monte?

—¡Claro que sí, tía Sara! Somos vecinos.

Las cortinas de otomán estampado estaban corridas. También aquella habitación daba al mar.

La tía Sara no vestía de negro. Ni tampoco era

mucho mayor que Emma. Eso sí, llevaba la cara empolvada y el cabello recogido en dos soberbias trenzas. Y un vestido de terciopelo color de mandarina. El cabello era negro, como el de su hermana, pero a la luz de aquellas velas despedía el destello de las alas de un cuervo.

—Tía Sara no tiene luz eléctrica en su casa —aclaró David.

—No. No tengo luz eléctrica —repitió la mujer, que poseía una voz afelpada y sonora. Pero no explicó por qué.

—Vamos a cenar.

Con un gesto casi majestuoso invitó a los muchachos a que se sentaran.

La mesa era ovalada, de madera de cerezo, y estaba cubierta por un mantel de hilo de Holanda bordado de crisantemos gigantes. Los candelabros eran semíticos. Un cesto cargado de rojas manzanas. En el centro, una fuentecilla de plata con distintas clases de geranios. La mujer grajo entró, portadora de una fuente de porcelana de Sajonia.

—En mis tiempos había cierta *grandeur* en todos nuestros actos. Hoy todo eso se ha perdido.

—Hoy... —empezó a decir David. Pero en aquel instante el reloj del vestíbulo, que Cristina no había llegado a ver, hizo reventar sus ocho campanadas. Fue como si una monstruosa jarra de cristal viniera a estrellarse contra la límpida superficie del suelo y el espacio se rellenara de perezosos tintineos. Para David, cada una de aquellas campanadas era un recuerdo vibrante de la vida de Jacky.

—Lo he mandado arreglar hace poco —confesó tía Sara—. ¿No te parece maravilloso, querido? Es como si todo hubiera vuelto a la normalidad.

Los rostros se reflejaban en el cristal de los espejos bañados de una claridad cerúlea, cual si estuvieran burlándose de su propia existencia. El silencio era algo tangente. No. No era un silencio. A Cristina se le encogió el corazón y sintió una terrible y escondida congoja. Aquello era un murmullo lejano. Era el ruido del mar.

* * *

Cristina encendió la luz y la mujer-árbol, que estaba dormida, removió sus ramas y lanzó un áspero gruñido. Despertó.

—¿Qué hay? ¿Qué pasa? ¿Eres tú? ¡Hija, ahora que me estaba quedando dormida!

Eran las diez. Pero las diez en el Monte son las dos de la madrugada en la ciudad. Incorporándose en el lecho, con los cabellos cómicamente desordenados —ella hizo un intento lleno de coquetería por poner un poco de orden en sus raíces—, preguntó:

—Qué... ¿Qué te ha parecido la tía Sara?

—Calla... —musitó Cristina.

—No comprendo cómo hay pobres que envidien a los ricos —dijo Consuelo.

—Mujer, no creo que la tía Sara sea muy rica.

—¿Que no? Muerto Ezequiel, todo fue a parar a sus manos. Y cuando ella muera, todo irá a parar a manos de David.

—¡Pobre David!

—Ezequiel y su hermano eran unos enfermos...

—Consuelo...

—Sí, mujer. No digo ninguna mentira. Desequilibrados. Medio bobos, como ese rey que tuvo Francia... Y Jacky, el pobrecito, hizo bien en quedarse en el fondo del mar.

—¿Tú lo sabías?

—¡Qué tonta eres! Lo sabíamos todos.

—Pero, Consuelo, tú pareces el coro de las tragedias griegas.

—No. Yo sólo parezco ochenta y cinco años de vida.

—¿Has cenado?

—A regañadientes. La buena de Zohra, antes de marcharse, insistió en que me tomara un plato de sopa y un muslo de gallina.

Cristina no se movió. En aquellos momentos admiraba profundamente a Consuelo. Encontraba en ella la réplica —no importa que fuera inexacta— de sus largos años de dialogar, frente a la batería, en el teatro de ese mundo ajeno que era su vida. Un mundo ignorado y mal comprendido de todos. Ante Consuelito desaparecían todos los misterios del ridículo. Ese temor absurdo a una crítica despiadada de cualquiera de sus desgarbados gestos. Durante años, en su casa y en el colegio, había tenido que andar como una pobre equilibrista de circo barato que atravesara un alambre con unas mallas rosas y una sombrilla de tres colores. Desde que Nanny «Cara de Caballo» fue despedida. Desde entonces. Porque Nanny, como buena inglesa, acostumbrada a un clima evasivo, había sido la primera en abrirle la puerta del espejo. Y desde entonces, contra viento y marea, contra las ásperas injusticias de su madre, en nombre de una fe que ella adivina bastante débil, una fe hecha más de forma que de fondo. Contra las fluctuaciones de un padre que por motivos presentidos intenta jugar con dos barajas. Contra la absoluta estupidez de una gente absolutamente falsa. De una autenticidad de pacotilla, que sólo utilizan para ocultar sus jorobas. Como lo han sido y lo serán sus compañeros de clase, los padres de sus compañeros y el mundo de Alicia y su madre. Contra todos ellos. Cristina se siente ahora navegar en una prodigiosa balsa sobre un mar cristalino, capitaneando una tripulación de seres maravillosos: Emma, David, Consuelito y hasta la misma tía Sara. Sí, aquellos personajes no poseían ninguna autenticidad. Aquella marinería no tenía nada de franca, ni de sincera, ni siquiera de culta. Al contrario, eran convencionales y chiflados. Aquella mesnada no poseía pupila y lengua como navajas de afeitar. Ni palabras cortantes en forma de bisturí. Todo lo contrario. Eran tristes. Eran personajes solitarios que buscaban el consuelo de la inevitable soledad en el bosque intrincado de lo absurdo. Y lo verdaderamente prodigioso era que todos ellos habían encontrado tan ansiado consuelo.

* * *

Carta de Isabel a Cristina. Que no coma demasiada fruta. Sobre todo, sin lavar. Que cumpla con sus deberes religiosos. Que no salga si no es con Consuelo. Lecturas piadosas. Descanso. Ella se siente mejor. Que de ningún modo intente cortarse el cabello. Que los médicos que la atienden son estupendos y que la clínica es de ensueño. Que Consuelo arregle «como ella sabe» el cuarto de tía Laura. Que no olvide decir a Alí cómo tiene que quedar el *bungalow* que ha dejado Miss Thompson. Que no sea loca. Que papá se pasa todo el tiempo en la Gran Peña, con sus antiguos amigos, y que los domingos, como si ella fuera una niña muy pequeña, le lleva pasteles, flores y un muñeco de trapo. Que al llegar vio una comedia preciosa y un poco verde, aunque de mucha risa. Que no deje de felicitar a Fulanita y a Menganita, porque el quince es la Virgen de Agosto. Fiesta de precepto. Bueno. Una mosca termina por cagarse en una esquina de la carta de Isabel. Y un gato araña el papel y lo convierte en un juguete.

Y Cristina se ríe. Y Consuelo piensa que ella es demasiado vieja para tantas responsabilidades:

—¡Cuidar de la niña! Tu madre parece tonta. Ni tú eres una niña, ni yo tengo por qué cuidar de ti. Si tu abuela estuviera viva...

Los gatos, en su reino. Zohra, en la cocina. Sol en la terraza. Y en la sala, luz, mucha luz. Cristina piensa que de buena gana se acostaba con cualquier hombre, siempre que el hombre se pareciera a aquel hijo de un amigo de su padre. Cristina tiene de vez en cuando malos pensamientos, y entonces piensa en las cosas del sexo y en los problemas y complicaciones que todo aquello arrastra. También piensa con mucha frecuencia que hubo un tiempo en que estuvo enamorada de Alicia. Pero ahora Alicia no es más que un cuerpo roído de gusanos, como los buenos quesos. Y que seguramente David tuvo algo que ver con Jacky. Y que quién más y quién menos todos tienen por qué callar. Y que su madre reventará por algún lado. Y todo eso que tiene terminará de mala manera, por no haber querido desahogarse a tiempo. Consuelo manda al diablo tantísimo gato, y dice que ya está harta de Monte y de casa de diez habitaciones. Pero de pronto estampa un beso en la mejilla de Cristina y se echa a llorar. Infantilismo o senectud. Lo que sea. El verano es demasiado largo. El mundo, demasiado pequeño. La vida, demasiado asquerosa. Y a veces se duda de la existencia de Dios.

—¿Qué te parece si mañana nos fuésemos a la

finca de Agla? ¿No hay acaso que echar un vistazo al *bungalow?*

—Me parece estupendo. Es una finca que yo no conozco.

—Y yo hace treinta años por lo menos que no pongo los pies en ella.

—Pero tú no puedes ir andando hasta allí, Consuelo.

—Claro que no. ¿No tenéis un chófer y un coche?

—Le tengo tirria al chófer. Bueno. Llamaré luego a la oficina.

Aparecen más gatos.

* * *

Ris-ras hace la puerta. Y se queda bamboleándose como en los bares del lejano Oeste. Emma, tumbada en un sofá, rodeada de cojines por todas partes, parece la protagonista de *The Barrets of Wimpole Street.* Alza la vista de un libro que estaba leyendo. Acaba de aparecer Cristina. Lleva un bretón en la mano y un ligero vestido de listas azules y blancas. David, envuelto en un albornoz, baja en aquellos momentos de la parte alta de la casa. Cristina intenta adivinarlo desnudo, pero no consigue excitarse. Siente súbitamente una inmensa simpatía por aquel muchacho que había conocido de pequeña. Su mirada acariciadora abarca la pálida figura de Emma.

«Me he bebido media botella de *whisky*», piensa. Aquella mañana, buscando un lapicero en el despacho de Julio, descubrió una botella recién empezada.

—¿Qué ocurre, Cristina?

—Nada. Nos vamos a pasar el día a la finca. Yo había pensado que si vinierais vosotros, sería estupendo.

—Es un problema —ronronea Emma, columpiando el libro de un lado para otro, como si fuera un abanico de plumas. Luego lo deja encima de una mesita. David se aparta un mechón de cabellos —el de siempre— que estorba en su frente.

—¡Mamá! A mí me gustaría conocer esa famosa finca. Tú me has hablado mucho de ella.

—Sí, querido. Pero entonces era distinto. En aquellos tiempo yo era una muchacha soltera y la abuela de Cristina una prodigiosa anfitriona.

Cristina interviene airada:

—Si es por eso... Supongo que no estará como en los tiempos de mi abuela. De todos modos, Consuelo y Zohra se han ocupado para que no nos falte nada de comer.

—¿Qué te parece, David? —consulta la madre.

—Me parece que debemos decir que sí.

—¿Y Radia?

—En Rabat con el hermano. No vuelve hasta mañana.

Hay un silencio. Luego Cristina ordena casi:

—¡Bueno! Daos prisa. Voy a decírselo a Consuelo.

Dentro de media hora estamos aquí por vosotros. Consuelo se pondrá muy contenta.

Cristina (mucho *whisky*) besa entusiasmada las mejillas de Emma, que se incorpora con delicioso gesto para recibir la ofrenda.

—¿Y a mí? —suplica, lleno de buen humor David.

—Sí, mi rey.

David huele a «Jean Marie Farina».

* * *

Consuelo no se pone contenta.

—Entonces ¿van a venir? —gruñe.

—Sí.

—Ya me lo suponía yo. Y yo conozco a Emma. Es de las que se sientan debajo de un árbol y dicen que la Naturaleza es una maravilla. Y una se tiene que cargar todo el trabajo. Pues lo que es hoy...

—No protestes, Consuelo. Emma ha dicho que traerá cuatro botellas de champán, para celebrarlo.

—Ésa se cree que el campo es una opereta. Si vamos a la finca es para trabajar. Ya has leído lo que dice tu madre en su carta. ¡Sabe Dios cómo habrá dejado la inglesa la cabaña! Una inglesa que se ha pasado su vida fumando y bebiendo como un carretero.

Cristina siente una pequeña punzada de culpabilidad.

—Consuelo —pregunta Cristina obsesionada—, ¿tú crees que esa mujer vivía sola?

—Sí. Eso es lo gracioso y lo que más me indigna de esas extranjeras. Vienen a la ciudad para acostarse con alguien y terminan viviendo solas en una cabaña acompañadas de media docena de perros.

—Bueno, es que, en el fondo, eso de acostarse con alguien me parece a mí que no debe de ser nada del otro mundo.

—No. Si no lo es... Bueno, según... Pero lo que de verdad importa en esta vida es quererse.

—En este mundo, Consuelo, yo creo que lo importante es no sentir ganas de nada.

—Sí. Tienes razón.

—Lo malo es que para llegar a eso hay que tener tus años.

—Y que pasar por lo que yo he pasado. Métete en la cabeza una cosa, niña. El pez grande se come al pez chico. Y en este mundo o te defiendes a dentelladas o tienes que andar bajo la tiranía de cuatro hijos de perra que son los que te hincarán el diente y no te dejarán resollar.

La habitación, que es la alcoba de Consuelo, vuelve a llenarse de gatos, y la mujer tiene que espantarlos definitivamente con gran disgusto de Cristina.

* * *

El chófer llega a la una. A la una en punto. Emma aparece enfundada en unos pantalones negros y con una blusa de popelina roja.

—Parezco una caricatura —se disculpa.

—Yo te encuentro estupenda —confiesa Cristina.

David lleva un pantalón de sarga y una camiseta de manga corta y rayas negras.

—¿Verdad que se parece al protagonista de *Anna Christie*?

—¿*Anna Christie*? —pregunta Cristina.

—Una comedia de O'Neill que hace muchos años llevaron al cine. Y que yo vi de recién casada con Tommy, porque adoraba a Greta Garbo. Pero estos niños... —se queja—. ¡Qué sabéis vosotros! ¿Verdad que mi David no es vulgar?

Cristina mira a David. David mira a Cristina, no sin cierto reparo:

—No, mamá. Desgraciadamente no debo de ser muy vulgar —conviene el muchacho.

Cuando ya están todos dentro del auto, y Zohra los despide, aparece por el recodo del camino Alí, el viejo guarda de la finca, que vuelve del mercado. Viene subido en una mula que se espanta las moscas desdeñosamente. Lleva los capachos cargados de flores que no ha podido vender. Es muy viejo. Tiene nietos y bisnietos, y a lo mejor tataranietos. A Cristina le ha entusiasmado siempre, porque cuando tenía la barba pelirroja de «henna» se parecía a un Rey Mago, y cuando se le puso del todo blanca y ya no quiso teñírsela se parecía a Santa Claus. Viene de un humor de perros porque no ha vendido las flores. Las mujeres intentan consolarlo.

—En noviembre tiene mimosas y lirios, Alí.

—La flor de los pobres. Eso no da dinero. Las vende todo el mundo. Crecen por todos los rincones de la ciudad.

—¿Y los crisantemos? En noviembre es el mes de los muertos para los *nesranis*, y todo el mundo compra crisantemos. Se venden caros.

—En Agla no hay crisantemos.

Resulta inútil consolarlo. Lleva una sombrilla roja, remendada, colgando de un capacho. Y cuando, cansado de sol, la abre, parece que alguien ha lanzado al azul de la mañana un escupitajo sanguinolento.

El automóvil avanza por la estrecha pista, dejándose atrás al cansino jinete.

—Este sendero me recuerda los grabados de Gustavo Doré para la Divina Comedia —dice Emma.

Sentadas en el automóvil, forman un conjunto extraño. Cristina, con su bretón y un aire de colegiala. Emma, desvaída, difusa, como una mancha. Consuelo, tiesa, en medio de las otras dos. Majestuosa. Más árbol que nunca. En el asiento delantero, junto al chófer, David. El camino es estrecho, tortuoso, empedrado, bordeado por un costado de crecidos picachos en los que se albergan las águilas marinas. Salpicado de cabras que contrastan con lo inesperado del mar, lleno de espumas blancas. Sopla furioso un poniente capaz de convertirse en levante de un momento a otro. Unas encinas rompen de pronto el monótono gris pardo, y en un recodo desaparece el mar. Asaltan de pronto a los viajeros la sombra verde y negra de unos nogales, el abanicamiento de los fresnos, olmos, encinas, pinos y eucaliptos. Las mimosas y las adelfas. Las higueras y las araucarias. Las margaritas salvajes y el vuelo de los abejarucos. El dardo brillante que forman las plumas de un martín pescador. Los gallos y algún que otro mirlo escondido en la fronda y que lanza sus inquietantes trinos haciendo lanzar entusiasmada a Emma todo un repertorio de frases, fruto de sus noches de insomnio y de lectura. Emma posee el don extraño de nimbar cada una de sus noticias con la aureola de lo increíble:

—Ya tienen que haber llegado los flamencos a la laguna de Sidi-Kassem. Un día de estos tenemos que ir a verlos, Cristina. ¡Lástima que no pueda venir Sarita!

—Cerca de casa una cigüeña acaba de levantar un nido. Lo que quiere decir que en Europa empieza a hacer frío.

—¿Sabes una cosa, Cristina? Tenemos un mochuelo. ¡Pobrecito! Tiene unos ojos preciosos. Es muy pequeñito. Ha debido de caerse de algún nido.

—Una noche vendrá la madre y nos arrancará los ojos —pronostica de pronto David.

El camino se hace cada vez más estrecho. El chófer protesta al seguir el muro de innumerables árboles que pueblan aquel contorno. Se oye brotar el agua de un manantial cercano. Agla está allí. Es un cercado de alambre y madera que se pierde entre bejucos y un ramaje intrincado. David y Cristina ayudan a Consuelo. Un podenco se acerca al grupo ladrando primero y husmeando después.

Allá en el horizonte aparece Alí, con su mancha roja bamboleándose en el aire. La mañana —como de costumbre— resulta espléndida.

1928

SEPTIEMBRE. Laura abre de par en par la ventana de su alcoba.

—Hay una pequeña nube, Isabel.

Isabel, que se pasa un peine por los cabellos, grita:

—Cierra esa persiana, mujer. Me molesta la luz.

Laura se encoge de hombros. Le parece estúpido que a alguien le moleste la luz del sol y prefiera tener la persiana cerrada y la luz eléctrica de la habitación encendida. Sobre todo, en una maravillosa mañana de septiembre. Cosas de su hermana.

—¿Qué te parecen los Cardovan?

—La vieja tiene manías de grandeza —puntualiza Isabel.

—Pero deben de tener dinero.

—¡Cualquiera sabe!

—Yo los encuentro muy pasados de moda. Para ellos es como si en Europa no hubiera habido una guerra.

—Ten en cuenta que ellos no viven en Europa.

—¿Y Julio?

—Tiene lo suyo. Es un zorro disfrazado de oveja.

—Pues me parece a mí que tú le has caído en gracia.

—Si consiguiéramos al menos que se asociara con papá... Yo creo que eso de las galletas baratas puede resultar un buen negocio.

—Tal para cual —lanza Laura con cierto fastidio.

En ese momento llaman a la puerta. Es una criada.

—Las señoritas pueden bajar para el desayuno.

Laura termina de vestirse. Isabel empieza a desnudarse.

* * *

Lidia ya está sentada en la terraza. Parece un personaje de Darío Nicodemi, o de D'Annunzio, con una gran pamela acampanada cargada de rosas blancas, ante una mesa cuidadosamente preparada y junto a un hombre cuyo rostro oscurece la sombra protectora del quitasol. Laura se acerca a la pareja.

—¡Laura, querida, aquí tienes a mi hijo Jaime! La oveja negra de la familia. —Jaime, que se pone de pie para estrechar la mano de la recién llegada, lleva un suéter blanco y unos pantalones de franela también blancos. Y cerca descansa la raqueta de tenis. Parece un anuncio de «Vacaciones sin Kodak son vacaciones perdidas». No se parece «en nada» a Julio. Es alto, delgado, moreno. Tiene la mirada a lo ave de presa. Y fija sus ojos en la muchacha con estudiada gravedad. Gravedad que rompe con su sonrisa.

—¿Qué hay, Laura? Mi madre se ha pasado toda la mañana hablándome de ti.

—¿De veras? Llevamos un rato despiertas en la alcoba. Pero no nos atrevíamos a bajar.

—En esta casa todo el mundo se levanta muy temprano. Yo no quise llamaros porque veía cerradas las persianas de vuestra habitación. Hasta que te asomaste a la ventana...

—Ahora viene Isabel.

—¿Qué tal habéis pasado la noche? ¿Os han molestado mucho los mosquitos?

—No. Yo duermo como un lirón.

—¿Y Julio? —preguntó Laura.

—Ha salido de casa muy temprano.

Jaime quiso saber si Laura jugaba al tenis.

—Sí. Pero muy mal. Tú ya veo que sí.

—Me defiendo. Le tengo dicho un millón de veces a mamá que arreglen el terreno...

—Esas cosas, hijo, se las tienes que decir a Julio.

—Ya. Para que me conteste que no.

Luego llega Isabel. Se ha preparado, dispuesta a recibir las felicitaciones de Julio.

—Julio se marchó muy temprano a la ciudad, Isabel —anuncia con sorna Laura. Lidia Cardovan se echa a reír. Isabel arruga el entrecejo. Jaime protesta:

—Las mujeres siempre andáis hablando en clave.

—Era una broma. Lo siento, Isabel. Mi hermana no tiene sentido del humor.

—La vida hay que tomársela en serio si queremos llegar a algo.

—No estoy de acuerdo contigo —objeta Jaime, pero Isabel corta:

—La fiesta de anoche resultó espléndida. Fue una lástima que «tus ocupaciones» te impidieran asistir a ella.

—Las ocupaciones de mi hijo huelen a Chanel —confiesa en broma Lidia.

—Bueno, me marcho si vais a empezar a bombardearme. Las fiestas de mamá suelen resultar bastante aburridas.

—Supongo que los invitados de mamá también te parecerán bastante aburridos.

—Si yo llego a imaginarme que vosotras erais así, por nada del mundo me hubiera perdido esa fiesta.

Esto lo dice clavando su mirada en Laura. La muchacha sostiene aquel mirar con natural firmeza. La sonrisa de Jaime termina por desconcertarla.

—Es usted un «señor muy cumplido».

—Gracias. Me voy.

—¿Adónde vas, Jaime?

—Tengo muchas cosas que hacer en la ciudad. Y como Julito se ha llevado el coche...

—¿Te volveremos a ver un día de éstos? —pregunta la madre con sorna.

Las niñas de Arlánzazu se echan a reír. Por dos cosas. Por lo que acababa de decir Lidia y porque de pronto descubren que las dos llevan el mismo vestido, con los mismos volantes. Laura amarillo. Isabel rojo. Y parecen la banderita española.

1958

—HA SONADO UN TIRO —dice Cristina.

—Es mamá, descorchando una botella de champán, seguro.

Poco después aparece Emma con la botella de champán en la mano.

—¿Dónde están vuestros vasos?

—Mamá, eres terrible...

—¡Déjame! No te burles de mí. Yo hubiera querido traer «nuestras copas».

—Tía Sara es igual.

—¡Pobre Sarita! Mira que le rogué para que viniera con nosotros.

—Mamá, Cristina nos invitó a los dos. No a tía Sara.

Consuelo se acerca, limpiándose las manos en el delantal.

—Esta Emma no me ayuda nada.

—Te he preguntado si querías que te hiciera unos pastelillos de arroz *à la mode de Pekin* y me has contestado que no.

—Mujer... ¿Pastelillos de arroz en el campo? ¿Y en qué horno ibas a hacerlos?

—En el de barro que tiene Alí allá abajo.

—Bueno, si eso te distrae y me dejas cocinar tranquila...

—Gracias, Consuelito. Gracias, mi bueno. —Emma se pone muy contenta.

—Igualito que Louise Rainer en *La buena Tierra* —añade.

Un nieto o bisnieto de Alí, con el vientrecillo al aire, descalzo, rubio, con los ojos azules y dos años encima del cuerpo, se acerca a Emma y le ofrece un racimo de mimosas. Emma lo toma en brazos, lo besa como si fuera un muñeco y el niño ríe divertido.

—¿Verdad que parezco una virgen de Ghirlandaio?

Hay algo de cierto en ello. En la personalidad de

Emma se tropieza siempre con algo terriblemente simbólico y místico, como en aquel gesto. La mujer deposita al niño en el suelo. Abraza el ramo de mimosas apoyada en el tronco de un árbol. Cristina tiene que entornar los ojos, porque en aquellos momentos la encuentra soberbia. David acepta un bocadillo que le ofrece Consuelo.

—¡Tómate esto, niño! Que si tuviéramos que vivir de los pastelillos de arroz de tu madre...

—¿No quieres champán, Consuelito? —ofrece David.

—Un poco. Que todavía tenemos que preparar el *mechui* y se me sube a la cabeza. El champán no es para el campo. El campo es demasiado alegre y el champán es una bebida sosa.

—Eres una adocenada, Consuelito —protesta Emma—. Ahí tienes una botella de solera.

—El champán es una bebida sosa que pone demasiado alegre —expone David. Y trepa cómicamente por el tronco de un olivo.

—No hagas locuras, mi rey.

—¡Ten cuidado!

—La mujer de Alí tiene toda la majestuosidad de una reina —advierte Emma.

La casa de verano de Alí es una barraca de arcilla en cuyo tejado se secan media docena de calabazas. Por un vericueto hecho de enormes piedras, como los antiguos dólmenes, se llega hasta el mar.

—¿Nos bañamos? —propuso David, mirando a Cristina.

Emma se lleva una mano a la boca y ahoga un estudiado grito:

—¡El mar no, David!

Consuelo coge de un brazo a Emma, que se ha doblado como una espiga arrasada por el viento. Ha estado bebiendo champaña toda la mañana.

—Vamos, mujer, aquello ya pasó.

1928

—NO PUEDO VIVIR sin Amalia —se queja Lidia—. Amina y Esterica son dos verdaderas calamidades.

—¿Cuándo vuelve?

—Este fin de semana. Mientras tanto, no podremos tener invitados.

—Ni falta que hace —apunta Julio, mientras monda una manzana. Están almorzando. Jaime, sentado en un rincón de la sala, toma café.

—¿Y a qué ha ido Amalia a España?

—Piensa traerse con ella a su hija. Una hija que tiene estudiando no sé dónde...

—¿Es que todavía le hace falta más gente en la cocina? ¡Sería el colmo! —protesta Julio—. Además, la mayoría de los platos que hace yo no puedo probarlos.

—Julio, no te quejes. A ti te hace una comida especial.

—Sí, pero de tan mala gana, que no me extrañaría quedarme muerto envenenado cualquier día de éstos.

—¿A qué viene ahora esa hija, mamá? —quiso saber Jaime.

Las niñas de Arlánzazu terminaban de almorzar en silencio.

—A pasar con ella unas cuantas semanas.

—¿Piensa llevarla a un hotel? —interrogó Julio.

—Yo le he dejado el pabellón para que lo ocupen el tiempo que pase aquí la niña.

—¿Es muy joven? —volvió a indagar Jaime examinándose las uñas de la mano derecha.

—No lo sé. Me dijo la edad, pero no la recuerdo. No sé nada, Jaime.

—Será un monstruo. La vida sexual de Amalia no creo que dé mucho de sí.

Laura se echó a reír. Isabel puso cara larga.

—¿No vais a salir? —preguntó Julio—. Yo voy a la oficina y tengo el coche listo.

Las niñas de Arlánzazu se miraron.

—¿Qué hacemos? —consultó Laura.

Isabel fijó su mirada en Lidia.

—Haced lo que queráis. Yo he pedido un coche de caballos para las cinco. Ahora hace mucho calor. Y a mí el calor me sienta como un tiro.

—Nos vamos contigo, Julio —propuso Isabel.

—Bueno —aceptó Laura sin ganas—. Si usted quiere, Lidia, la esperamos a las cinco en alguna parte.

—En la terraza del Kursaal.

—De acuerdo.

Jaime seguía tumbado.

—¿No vienes? —inquiere Laura al pasar.

Él la agarró por la cintura.

—¡No! ¡Quédate!

—¡Suéltame! No seas libidinoso. Tu madre nos está mirando.

Hablaban en un murmullo. Lidia ya estaba entornando persianas.

—No me dejes solo, Laura. ¡Quédate conmigo! Deja que «los reyes de las galletas se vayan solos».

—Ahora vuelvo. Intentaré convencer a Isabel.

Laura alcanzó a su hermana en el vestíbulo.

—Isabel, me duele mucho la cabeza. Prefiero reunirme contigo más tarde. Yo bajaré con Lidia.

Isabel puso el gesto hosco.

—Como quieras. Pero no hagas locuras. Ya sabes lo que nos dijo mamá.

Laura había ocultado el rostro en un enorme racimo de dalias.

—Las dalias no huelen, Laura —advirtió Isabel ofendida.

Julio desde la terraza, las llamaba:

—Ya voy, Julio —contestó Isabel.

—No vendas muchas galletas esta tarde, Isabel —recomendó Laura con guasa.

La hermana se puso furiosa, y salió huyendo. Laura

volvió a la sala. Allí reinaba una grata penumbra. Lidia dormitaba en un enorme sillón de gutapercha. Jaime terminaba de apurar un cigarrillo.

—¿Quieres uno? —ofreció.

—¿Son turcos?

—No, ingleses.

—En esta casa todo es inglés —se quejó Laura.

—Vamos a dar una vuelta, ¿quieres?

Jaime se levantó.

—¿Adónde vais? —preguntó Lidia.

—Mamá, creíamos que estabas dormida.

—Vamos a dar una vuelta.

—Con esta solina... En mis tiempos los muchachos no daban vueltas por ninguna parte si no iban acompañados de alguien.

—Llevaremos el galgo ruso. Será nuestra carabina.

—A las cinco está aquí el coche, Laura.

—Estaremos de vuelta mucho antes.

Al atravesar el vestíbulo, Laura arranca una dalia del jarrón y se la coloca en el pecho. El vestido que lleva es de color malva y la dalia amarilla lo convierte en un modelo insólito. Lidia entorna los ojos.

1958

MUFFINS

Ingredientes:

Dos cucharadas soperas de harina
Una cucharadita de café de levadura MINK
6 huevos
1/2 cucharadita de maíz.

EMMA APARTÓ LA VISTA de aquel trozo de papel, manchado de grasa, que ya el aire arrastraba pendiente abajo, para fijarlos en Consuelo, que, tumbada frente a ella a la sombra de un nogal, daba comienzo a su famoso tic.

—¿Dónde han ido los niños?

—Están en la cabaña de la inglesa. Se les metió en la cabeza ser ellos quienes la limpiaran. ¡Y yo estoy tan cansada!

Emma, que estaba tumbada, se levantó:

—¿Adónde vas? —preguntó Consuelo.

—Al *bungalow*.

—¿Y vas a dejarme sola?

—Ahí tienes a la mujer de Alí.

La mujer de Alí regaba un trozo de huerto sembrado de tomates.

—¿Te acuerdas, Consuelo, de aquel año en que Jaime mató media docena de cuervos y aquella famosa Amalia nos preparó una sopa? ¡Qué tiempos! Igualito que los de ahora —añoró Emma.

—¡Me acuerdo de tantas cosas!

—¿Qué fue de Jaime?

—Lo mataron en Méjico.

—¿Te acuerdas de Laura?

—Mira, vete. No me sigas preguntando cosas...

—*A rivedersi.*

Y con la agilidad de una muchacha de diecisiete años, Emma saltó al sendero mientras Consuelo le gritaba:

—¿Conoces al menos el camino?

1928

JULIO NO ESTABA EN CASA. Ni siquiera en la ciudad.

—A veces desaparece como por encanto... —explica Lidia.

—¿Una mujer? —inquiere Laura.

—Galletas y confituras... —contesta Lidia, y de pronto propone:

—¿Por qué no vas con las niñas a la finca de Agla, Jaime? Así verán la casa de verano.

Estaban los cuatro reunidos en la sala.

—¡Por Dios, mamá, con este calor...!

—A mí me duele mucho la cabeza —anuncia Isabel.

—¿Tú eras la que no sabías jugar al tenis, Laura?

—Me defiendo. Ya te lo dije.

—Pues lo haces mejor que Lilí Álvarez.

—Y no estoy *groggy*. Me gustaría echar un vistazo a esa casa de verano.

—Es un *bungalow*.

—Yo voy a decir en la cocina que preparen un costo.

—Yo no voy, Lidia; de veras, me duele mucho la cabeza.

—Vamos los dos. Anda, Jaime.

—De ninguna manera —se opuso Lidia Cardovan—. Los dos solos ni hablar. No es que me importe... Pero conozco a la gente del lugar.

—Mamá, a veces eres absurda.

—Tienes razón, hijo.

—No pareces inglesa.

—Es que no soy inglesa. Soy española.

—Está bien.

—¿Por qué no os acompaña Consuelo?

—Por mí... —se encoge de hombros Jaime.

—Caballero, damisela y dueña en busca del Unicornio... —ironiza Laura.

Consuelo no pone buena cara.

—Este calor es de agua.

—No seas mojigata, Consuelo. A mí no me duele la pierna izquierda.

—Está bien. Diré ahí fuera que ensillen una mula.

—¿No se puede ir andando? —pregunta Laura.

—Está lejos. Y el camino es malo.

—Mejor. Que vayan a pie. Tú no, porque estás muy gorda, Consuelo. No sé lo que haces.

—Pues gorda y todo tengo quien me diga cosas al oído.

—Ya. Todo se sabe. Bueno, de acuerdo. Os conviene hacer un poco de ejercicio. Así Jaime olvidará por unas horas que existe una nación llamada Francia.

—¿La estáis oyendo? Eres injusta, mamá. Desde que han llegado las niñas, se puede decir que no dejo la casa en todo el día.

—¡Ya! Porque la dejas en toda la noche —aclara Isabel—. Que todo se sabe...

—Estas niñas... ¿No las habrá mandado Scotland Yard?

—¡Niñas, niñas! —protesta Laura—. Por favor, ya está bien. No tenemos nada de niñas.

—En Andalucía llaman niñas a mujeres de noventa años.

—Sí, en compensación.

—Bueno, basta de charlas. Vamos a tener que cortar algunas ramas de ese dichoso cedro. ¿No notáis que cada día está esta habitación más oscura?

—No, por Dios. Sería un crimen —se opone Laura.

—Yo encuentro que ese árbol es un estorbo. En las habitaciones hace falta luz y sol.

Consuelo y Lidia salen juntas. Jaime sube al piso

alto con el pretexto de ponerse unas botas. Las niñas de Arlánzazu se quedan solas.

—Isabel, ¿tu jaqueca no será acaso una jaqueca-pretexto?

—Amor, con amor se paga. Si yo consigo «enganchar» a Julio, justo sería que tú volvieras loco a Jaime.

—Jaime no es Julio, hija.

—Laura, no seas tonta. Acuérdate de lo que nos dijo mamá.

1958

—¿Es éste el *bungalow*? —pregunta David.

—Sí. ¿No es formidable?

Pero todas las vidrieras estaban cerradas. Cubiertas de verdín. Y el suelo de la veranda, que era de ladrillos grises, sucio, lleno de colillas y hojas secas del otoño último. En una esquina se amontonaban las botellas de *whisky*, y un impermeable «Acquascutum».

—¿No tienes la llave?

—No.

—Pues habrá que forzar una de estas puertas.

—No importa. Te autorizo al allanamiento de morada.

David le dio una patada. Cedieron los goznes y

hubo un seco crujido. Dentro, todo estaba muy oscuro, El olor a humedad era demasiado violento. Cristina abrió las restantes puertas y la estancia se llenó de luz. El suelo era de madera. Había muchos papeles. Roídos por ratones. Una silla de madera paticoja. Una de esas sillas de barco. Una lámpara de petróleo. Un cuadro de cristal roto con una inscripción bordada en punto de cruz: GOD BLESS THIS HOME. Y unos cuantos libros desparramados por el suelo. Una estufa. Los libros eran: *Jamaica Inn, A death in the family, The secret of the seven chimneys, Le repos du guerrier* y una Biblia.

—¿Quién vivía aquí antes? —pregunta David.

—Una inglesa medio chiflada.

—¿La conociste?

—No. Solía ir a casa a pagar el alquiler y tomarse un *whisky* con papá, pero yo nunca me tropecé con ella.

—Sus lecturas eran geniales. Pasa de la Biblia a *Le repos du guerrier*.

—¿Tienes un cigarrillo?

—Negro.

—No importa.

—¿Fumas mucho?

—No fumo nada.

—¿Entonces?

—No sé. He visto tantas colillas en el suelo...

David le tendió el paquete de cigarrillos.

—¿Tú no vas a fumar?

—No tengo ganas ahora.

Se sentaron los dos en el suelo. Apoyaron la espalda contra el muro.

—David...

—¿Qué?

—¿Sabes lo que te digo?

—No.

—Que deberíamos haber traído una botella de *whisky*.

—¿Para qué?

—Para echárselo a las plantas... ¡Tienes unas cosas!

—¿Te gusta beber?

—A ratos. El *whisky* sienta bien. Hace ver la vida de otro modo.

—¿De qué forma?

—No es fácil de explicar. Se quiere a todo el mundo.

—¿A todo el mundo?

—Sí. Encuentro menos odiosos a mis padres...

—¿Tú odias a tus padres?

—No. Es algo parecido al odio. Me son antipáticos... ¿Comprendes?

—¿Por qué?

—Me han engañado.

—¿En qué sentido?

—En todos los sentidos.

—Tal vez lo hayan hecho por tu bien...

—Presumo que no. Que han debido de hacerlo por comodidad, por egoísmo; casi nunca hacemos las cosas por hacer bien.

—Yo quiero mucho a mamá.

—Sí. Ya lo sé.

—¿No la encuentras estupenda?

—Sí. Emma es estupenda. Pero yo de ti intentaría ser... más independiente. No me dejaría influenciar... por nadie. Libre, ¿comprendes?

—A veces nos hacemos una idea bastante equivocada de la palabra libertad. En París, creyéndome libre, ¿sabes lo que saqué en conclusión?

—No.

—Que aquello que yo llamaba libertad era sencillamente una amarga confrontación de nuestra soledad.

—Ya.

Un silencio. Corto. Cristina dice:

—Emma te quiere...

—¿Tus padres no te quieren a ti?

—No lo han manifestado. Mamá siempre tan artificiosa... Tan preocupada de sus pequeños chismes... De sus tés... De sus ceremonias...

—¿Y tu padre?

—Su labor de zapa por ahogar en mí todo impulso afectivo la ha llevado a cabo con bastante éxito. Soy una huraña. En el colegio nunca tuve amistad con nadie.

—Excepto Alicia.

—¿Cómo lo sabes?

—Me lo dijiste el primer día que nos encontramos. Nos unen dos muertos: Jacky y Alicia.

—Es distinto. Jacky ha significado mucho para ti.

—¿Para ti Alicia no?

—Bueno... Hubo un tiempo en que para mí Alicia lo fue todo. Y un tiempo posterior, más breve, en el que Alicia no significó nada. Al conocer su muerte, no sentí la menor emoción. Parecía que había muerto una desconocida. En mi recuerdo sólo vibraba la imagen de una Alicia niña. Y de un mundo que encerraba muchísimos misterios, que poco a poco han dejado de ser misterios para convertirse en odiosas, pero indispensables realidades.

—Entonces habrás tenido que construirte un mundo a tu medida.

—Sí. Pero absolutamente falso. ¿Crees que no lo sé?

—Tampoco el nuestro tiene mucho de auténtico.

—¿El vuestro?

—Sí. El de mamá y el mío. Sólo que yo no tuve que inventar nada, porque me lo dieron ya inventado. Nosotros también hemos temido enfrentrarnos con la realidad.

—¿No crees que en el fondo esto sea un acto de cobardía?

—No. No lo es. Sería un acto de cobardía si tuviéramos un conocimiento perfecto de esa realidad y sólo intentáramos huir. Pero lo cierto es que eso que llaman realidad, a nosotros nos parece una especie de bosque inexplorado.

—Tienes razón. Sentimos o presentimos esa realidad, pero la ignoramos. Y los breves contactos que tenemos con ella... Bueno. No es cobardía. Pero es egoísmo, David.

—Algo tiene que ser. Te has quedado con mi paquete de cigarrillos.

Una rata atravesó la estancia con ojillos desconfiados. Cristina le tiró un libro para espantarla y el animalucho huyó por la puerta vidriera dando chillidos.

1928

—ÉSTA ES LA CASA DE VERANO —señaló Jaime.

Estaba en una hondonada, al otro lado del sendero, frente al mar, que aparecía cubierto por una cortina de castaños y nogales. Al otro lado del camino crecían también diversos árboles: fresnos, olmos, pinos y eucaliptos. Y el suelo, hasta llegar a la misma puerta de la casa, estaba cubierto de hojas secas que crujían al pisar los visitantes. Tenía el *bungalow* una sola planta. Era perfectamente cuadrado. Provisto de un tejado de cinc cubierto de hiedra. El barandal de la veranda era de hierro. Jaime abrió la puerta. Luego, las persianas. Encima de una mesa había un quinqué. La mesa era redonda, de madera de roble, y estaba cubierta por un mantón de Manila. Laura estaba encantada.

—¡Y yo que encontraba a tu madre *démodée*!

—No. Mamá no es *démodée*. Pero sabe que ya no

hay en casa (¿cómo te diría yo?), el esplendor de tiempos anteriores. Ya no es el mismo tren de vida. Inteligente, ha decidido estancarse en una moda, la moda de la anteguerra. Y el Monte para eso es ideal.

—Entonces vosotros... Mamá decía que erais una de las grandes fortunas de la ciudad.

—Porque tu madre conocería a mamá de soltera o de recién casada.

—Pues mira, yo me alegro.

—¿Te alegras de qué?

—De que no seáis «tan ricos». Tan inmensamente ricos.

El muchacho se echó a reír:

—¿Por qué dices eso? ¡Ni siquiera somos ricos!

—¡Menudo chasco se va a llevar Isabel!

—¿Tu hermana?

—Sí. Está dispuesta a tomar en serio a Julio. Como tu madre le escribía a mamá unas cartas larguísimas contándole el esplendor de los Cardovan...

—Ya...

—Y al invitarnos... Ya te puedes hacer una idea: mamá se volvió loca de alegría.

—Todo eso es muy divertido —afirmó Jaime con acento frío.

—Lo siento.

—¡Oh, ya sé! ¿Y tú?

Laura enrojeció.

—¿Tú no te hacías ningún proyecto? —prosiguió Jaime.

Laura volvió la cara hacia la pared y se entretuvo deshojando y destrozando algunas hojas de la madreselva con ademanes nerviosos.

—No.

—Te advierto que eres endemoniadamente bonita. Puedes hacértelos.

—Mamá tenía todas sus esperanzas cifradas en mí. Pero yo no valgo para esa clase de comedia.

Jaime la agarró por la cintura y aproximó su rostro al de la muchacha. Tenían los labios cerca el uno del otro. Las palabras de Jaime rozaban la mejilla de Laura.

—¿No estás enamorada de mí?

Laura sentía las manos del hombre vagar por su cuerpo en una desvergonzada operación de reconocimiento.

—Me gustas. Pero no sé si estoy enamorada de ti o no.

Se besaron frenéticamente. Con su cuerpo, Jaime la empujó hacia el diván. Un diván negro, de raso, cubierto de inmensos cojines bordados.

—Puede venir Consuelo, Jaime. Las puertas están abiertas.

—¡Aquí no viene nadie!

La respiración de Laura se hizo bronca. Los senos de la mujer se clavaban en el pecho del hombre.

—No, Jaime. Sería una locura.

Jaime no hablaba. Sus manos eran un inquietante revoloteo. Parecían las alas de un búho al que acabaran de despertar de una siesta. El vestido de Laura fue a parar encima del quinqué. Instantes después estaban los dos desnudos. Fue entonces cuando empezó a llover. Llovía furiosa e intensamente.

1958

—¿NO TE PARECE que hace frío, David?

Cristina recoge el último montón de papeles.

—Esas dichosas nubes... A lo mejor, llueve.

David salió para volver con la manguera.

—Estamos apagando un incendio —rió Cristina.

—Estamos purificando este recinto de todos los viejos pecados. Apagamos la llama absurda de las pasiones.

—¿Tú crees que se han cometido muchos pecados en este recinto?

—El hombre peca en todos los rincones de la tierra y en todo momento, Cristina. El hombre hace el mal cada minuto de su vida. Sólo en los momentos difíciles de su vida se acuerda de Dios. Y eso, no con frecuencia. Tienen quc ser momentos muy difíciles.

—Sí. Es posible.

—Hay un silencio maravilloso en esta parte del Monte.

—Se oye perfectamente el latido de un corazón humano.

—¿De quién?

—El mío —susurró Cristina—. Escucha. Acerca tu oído aquí. En mi pecho...

David desabrochó la blusa del vestido de verano que llevaba Cristina. Introdujo la mano en un seno, mientras la besaba como un loco en el cuello, en la boca, en la espalda.

—¡David! No seas loco...

Cristina iba a gritar. Pero en aquellos instantes apareció Emma.

—¡Loca juventud!

David se volvió y tropezó contra un cajón vacío.

—¡Ten cuidado, mi rey! Cristina, abróchate esa blusa. Tienes un seno precioso, querida. Pero una locura es una locura. Menos mal que he llegado en un momento oportuno.

David salió fuera. Cristina miró sin ningún apuro a Emma.

—Emma, David me dijo que os habían regalado un *cocker.*

—Sí, mi vida. Tienes que verlo. Vendrás una tarde a merendar a casa.

La mujer cogió de un brazo a la muchacha:

—Hace mucho calor aquí dentro, Cristina. Vamos a dar un paseo hasta la alberca, ¿quieres?

—¿Y Consuelo?

—Está echando una siesta en casa de Alí.

—¿Con Alí?

—Eso quisiera ella —rió Emma—. Y también Alí.

Caminaban juntas pisando hojas secas.

—Dentro de nada tendremos encima el otoño.

—¿Cuándo vuelve tu madre?

—A fines de mes seguramente.

—¿Estás enamorada de David?

Cristina miró fijamente a Emma.

—No; lo que has visto ha sido una consecuencia del calor, de la comida, del champán...

—Es muy peligrosa esa clase de juego, ¿sabes?

—No empecé yo. Empezó David —se disculpó infantilmente Cristina.

Emma se sintió halagada.

—Hay que buscarle una mujer. Es un potro joven.

—No tan potro, Emma.

—Hay que buscarle una mujer con experiencia. Eso, y mucho deporte. Este muchacho no puede permanecer todo el tiempo encerrado en casa.

—Pon un anuncio en el periódico.

Emma se echó a reír.

—Eso tiene gracia. ¡Ah, las pasiones! —y al decir esto dio una patada a una bola de hojas secas que ella misma había confeccionado con sus pies—: Para nosotras las mujeres la cosa ya es más difícil. Lo mejor que una puede hacer es encerrarse en casa. Arreglar armarios. Y trabajar duro de la noche a la mañana.

—Si crees que con eso...

—Monta a caballo. Practica algún deporte.

—No seas tonta, Emma. Eso estaba bien en los tiempos en que los Cardovan tenían mucho dinero.

—Tú tienes que llevar otra clase de vida, Cristina. Tienes que conocer a muchachos de tu edad. Tener amigas... Salir en pandilla.

—Conozco a bastantes muchachos de mi edad. Y todavía algunos suelen llamar a casa para invitarme a una fiesta, o al Yachting Club, o al Country Club. Pero son muchachos que me sé de memoria. No harían ni la mitad de lo que ha hecho David. Y se pasan todo el tiempo coleccionando violaciones imaginadas. Hablando de coches y mujeres. Acostándose entre ellos o con cualquier «caprichoso» que les pague una moto.

—Sí. El mundo anda bastante desquiciado. Mis árboles no me engañan nunca. En eso al menos salgo ganando.

En la alberca, el agua estaba cubierta de plantas acuáticas. Y cuando Cristina removió con un palo la superficie cristalina asomó una cansada serpiente de agua dulce.

1928

CONSUELITO APARECIÓ con una manta encima de la cabeza. Laura ya estaba vestida. La sombra de Jaime se dibujaba en la cocina. En el diván, el desorden era perfecto.

—¡Qué manera de llover! —se quejó Consuelo.

Laura intentaba ampararse tras la mesa camilla para que la mujer no descubriera sus pies descalzos. Jaime se vestía en la cocina. El torso desnudo, a punto de enfundarse en una camisa, se reflejaba con bastante nitidez en el cristal de una puerta. La mujer acababa de disparar su mirada contra el par de zapatos que aparecía tumbado a los pies del diván.

Laura cerró de golpe los cristales. El ruido de la lluvia quedó apagado.

—¡Quién lo iba a decir! —suspiró, mirando como chocaba el agua contra los cristales.

—Yo lo dije. Pero la señora cree que todo depende de su pie izquierdo.

Jaime salió vestido.

—¿Ya estás de vuelta, Consuelo?

1958

—NI UN GATO.

—¿Sabes que no hace calor?

—Cristina, ¿te has dado cuenta? Ni un gato.

—¡Qué raro!

—Porque ha llegado un circo.

Cristina palidece.

—¿Y *Montgomery*?

Consuelo, ya de pie, comienza a amontonar las tazas sobre una bandeja de madera. La muchacha se siente, de improviso, rodeada de una lamentable soledad.

—¿Qué piensas hacer hoy?

—No lo sé.

—¿No habías quedado con el hijo de Emma?

—No es seguro.

—Yo tengo unas agujetas... Del día de ayer. Y no sé si ha sido el trajín del campo lo que más me ha cansado, o esa dicha Emma.

Cristina se levanta. Ahora ha cogido la costumbre de andar arrastrando los pies. Se pone a buscar a *Montgomery*. Sale a la terraza. Mira bajo los macizos de hortensia. Recuerda un rincón «muy suyo» (de *Montgomery*), allí donde el juego de luz y de sombra simula pequeños ratones en premeditada colaboración con las hojas de un ciruelo cercano.

—Un circo... —murmura, intentando cortar pensamientos atroces.

Entra en la sala. Allí permanece un instante con la frente apoyada en el cristal de un estante. Un armario de estilo victoriano, de madera de cerezo, que le trajeron de Aden a la abuela. Y de pronto, como si en una fiesta de gente desconocida acabara por descubrir una cara amiga, sonríe. Abre la puerta del estante y toma un libro. El más escondido de todos. Los cuentos de Andersen. Las hojas están pegadas por la humedad. Ha llovido mucho aquella primavera en el Monte. Más que en la ciudad. Isabel lee poco. Su padre tiene y guarda todos sus libros allá en su despacho. Al intentar despegar una lámina, cae un cromo al suelo. Es un cromo de los antiguos. De los complicados. Un abrazo optimista de rosas de Alejandría y una especie común de pensamientos. Como siempre, asoma por los picos, toda llena de humildad, la violeta, Y todo esto es el sombrero de una señora rubia y pálida de ojos azules y una tisis avanzada, que acaricia con el mentón una paloma blanquísima. Al caer se ha quedado como enganchado en el fleco de la alfombra, y al tomarlo en sus manos Cristina descubre al dorso, con letra abierta, redonda, e insegura de niña de pocos años, que alguien ha escrito: «Para que nunca me olvides. Alicia Quijano. 2-2-47». Y entonces le da por pensar en *Montgomery*, devorado por famélicos leones en un circo pobre con payaso enamorado de la *écuyère*. Y también en Alicia, pudriéndose allá abajo.

1945

—¿SABES UNA COSA, JULIO?

Julio mira a su mujer como si ésta fuera un bicho raro. Como si de pronto fuera a comunicarle que la guerra no ha terminado. Que es mentira. Y que los alemanes van a llegar a la sala de un momento a otro para pedirle cuentas.

—Al ir esta tarde al colegio para recoger a Cristina y llevarla a la costurera, entablé casualmente conversación con una señora que conoce a mi prima Angelines. ¿Te acuerdas de Angelines? La que ahora vive en Santander. Resulta que ella ha vivido en el mismo inmueble. Y se conocen. Es una señora simpatiquísima. Estuvimos charlando un rato. Tiene una hija de la misma edad que la nuestra. Y en la misma clase.

Julio ha terminado por asomar la cabeza por encima de un *Boletín Oficial de la Zona.*

—¿Va mucho a la iglesia?

—¡Qué cosas tienes! No se lo he preguntado. Tampoco soy una beata de ésas... Ni una cursi, creo yo, que rehúye hablar con la gente.

—No.

—Está bien. Además, tengo edad y experiencia suficiente para conocer y saber distinguir quién es y quién no es una verdadera señora. Ya sabes que el marido de mi prima Angelines es un hombre de muy buena posición.

—¿Cuánto tiempo hace que no ves a tu prima?

—Pues desde que nos casamos. Poco antes de nuestra boda estuve en Madrid. Unos días. Vivían entonces muy bien porque el tío Gonzalo era ministro de no sé qué...

—Sí, Ministro por un día.

—Recuerdo que, como ya hacía dos años de lo de Laura, insistieron en que fuera con ellos al Real, a una de las últimas funciones.

—Voy a acostarme.

—No se te puede hablar.

—No seas tonta, mujer. Estoy cansado. Mañana invitas a merendar a esa señora y a su hija, y luego os vais al cine.

—Si las invito, será para quedarnos aquí, charlando, en el salón o en la terraza. Ahora que recuerdo... Mañana no puedo. Tenemos Junta.

—Pues mira: no estaría mal que la invitaras a una de tus Juntas. Y que la hicieras miembro de esas sociedades benéficas tuyas, gracias a las cuales ya no hay pobres en el mundo.

—Sin ironías, Julio. Ya lo había pensado. Una mujer que hoy en día tiene un «Packard», con lo cara que está la gasolina...

* * *

Isabel tiene un día agitado. Telefonea a la presidenta de la Junta de Damas de no sé qué y llena el auricular de disculpas falsas. Cristina, por ser jueves, no ha ido aquella tarde al colegio.

—¿Dónde estás?

—Estoy aquí, mamá, leyendo.

—Pero ¿todavía estás así?

—Estaba leyendo.

—Mira, ponte el vestido de terciopelo rojo. Dile a Basilia que te lo ponga. Anda, date prisa. Y que te peine.

—¿Vamos a algún lado?

—No. Esperamos para merendar a tu amiga Alicia y a su madre.

Cristina guarda silencio.

—¿No dices nada? ¿No es amiga tuya Alicia?

—No la conozco muy bien. Se sienta en el último banco. Pero es muy bonita.

—Tú tampoco eres fea, hija —confiesa inesperadamente Isabel, mirando con cariño a la chiquilla en uno de sus extraños momentos de extraversión tan poco frecuentes en ella.

—Pero no tanto —explica la niña. Y sube la escalera recitando una poesía recién aprendida en el colegio:

Le vent qui les invite,
jamais n'en trouve assez;
Valsez, valsez plus vite!
Pauvres feuilles, valsez!

Isabel no tiene más remedio que sonreír. Basilia aparece en el salón. Sin prisas.

—Señora...

—¿Qué ocurre, Basilia?

—Que el cuello de encajes que tiene el vestido de la niña está muy arrugado.

—Pues se plancha, mujer. Se plancha.

—Se plancha. Se plancha. Más vale que me paguen como Dios manda y no den tantos consejos. Mucho hablar de los pobres...

—¿Qué murmuras, Basilia?

Basilia, gorda y descarada, mira hacia la terraza por la ventana y contesta en voz alta y clara:

—Nada, señora. Que me parece a mí que va a llover.

—No lo quiera Dios. Le he dicho a Auicha que coloque la mesa en la terraza.

Isabel, como siempre, está sentada, con una carta que acaba de recibir en la mano. De pronto se levanta:

—Voy a cortar unas rosas y preparar un ramo para la mesa. Mire, Basilia, le dice usted a Auicha que ponga en la mesa el mantel adamasquinado que está en el armario del primer piso. Ella sabe cuál es. Aquí tiene la llave. ¿No han mandado un encargo de la confitería?

—Que yo sepa, no, señora.

—No gana una para disgustos. Tendré que volver a llamar. Y las rosquillas le han salido a usted sosas. La otra vez las sacó mejor. Parece que lo hace expresamente para no lucirse cuando tengo invitados.

—Ya sabe la señora que ese azúcar que compra el señorito por sacos, no endulza nada.

Isabel sale al jardín. Y Basilia se marcha por la puerta que lleva al vestíbulo, cantando:

¡Que llueva, que llueva!
La Virgen de la Cueva...

Rosquillas... ¡Rosquillas te iba a hacer yo!

* * *

Cristina se mira en el espejo del cuarto de baño sin el menor viso de coquetería. Al contrario, verse con el vestido de terciopelo rojo le hace gracia. Basilia, que la ha peinado de mala gana, como todo lo que ella hace, ha volcado medio tarro de esencia de pino sobre la cabeza de la pequeña. Cristina se considera ya uno de aquellos árboles:

—¿No me caen piñas ni piñones, Basi? —pregunta mientras se retuerce como si fuera un arbolillo azotado por una ventolera.

—¡Para bromas estoy yo! Deja que termine de plancharte «el cuellecito». Ya verá tu mamá lo que es bueno...

Por ser la Virgen de la Paloma,
un mantón de la China, China-na...
Te voy a regalar.

—¿Qué es «chinana»?

—Un bicho muy feo que se come a las niñas preguntonas.

—Pues entonces no sé por qué me lo tienes que regalar.

—Anda, loro; calla, loro.

—¡Corre, Basilia, que ya están aquí!

Por la ventana del cuarto de la plancha, o ropero, o la leonera, o como quiera el demonio que se llame, Cristina descubre la severa silueta de un «Packard» negro, cuyos cómodos neumáticos van pisando la grava. Frena a pocos centímetros de una palmera enana.

* * *

Isabel baja los escalones que separan la terraza del jardín, y con una sonrisa abierta de anfitriona a lo gran mundo —que hubiera sorprendido a Julio—, acude a recibir a Lola Quijano. Alicia, que tiene a la sazón cinco años, la cabeza atiborrada de rubios bucles, se ha soltado de la mano de su madre y brinca en torno a un macizo de anémonas. Las dos mujeres se han estrechado la mano. Lola es alta, alta y prodigiosamente delgada. Tiene un rostro pequeño, mal nimbado por una cabellera espesa, teñida de rojo, que aparentemente apenas se peina. La boca de Lola es grande, de labios finos, y los ojos pequeños y vivos. Ojos inquietos. De esos que no paran. Lleva un vestido gris y una estola de piel sobre los hombros. Examina un rosal, con atención fingida. Luego levanta la mirada igual que un pájaro cuando levanta el vuelo, para posarla en la fachada de la casa.

—Estas casas antiguas tienen mucho encanto.

—Y muy poco *confort* —puntualiza la dueña arrebujándose en un chal imaginario. Isabel parece que tiene siempre frío.

Se han cogido del brazo y ahora suben los escalones de piedra con premeditada lentitud.

—¿Dónde está Cristina? —pregunta Alicia.

Isabel admira.

—Esta niña tiene un cabello precioso —confiesa observando la trepidante cabellera de la chiquilla.

—Una complicación más.

—¿Quién la ha peinado?

—Ese «horror» es obra de una vieja chacha que tenemos en casa.

—No es tan horror, mujer. A mí me recuerda a alguien.

—Claro. A la «menina» de Shirley Temple.

Las dos mujeres se echan a reír. Alicia, imperturbable, ajena a tantísimos bucles que pesan sobre su cabeza de niña, pregunta decidida:

—¿Viene por fin Cristina?

—Ahora bajará, hijita.

Llega a un rincón de la terraza en el que Isabel ha hecho preparar la mesa. Los sillones de mimbre tienen colocados sobre los asientos mullidos cojines de felpa. Lola aspira con fuerza el perfume de la madreselva.

—¡Qué delicia!

—He retirado la mesa de esa esquina, aunque hubiéramos estado en ella más protegidas del aire, porque terminaríamos con dolor de cabeza.

—Eso sí.

Se sentaron. Y al hacerlo, Isabel descubrió que las piernas de Lola eran bonitas. Un poco delgadas, pero de tobillos finos y línea perfecta.

—¿Hace mucho tiempo que vives en la ciudad?

—Desde que empezó la guerra. ¡Me encantan los *muffins*! —exclamó de pronto sin venir a cuento.

—Mamá, yo quiero ver a Cristina.

Isabel indicó:

—Cristina es una niña muy tímida.

—Alicia es todo lo contrario —confesó Lola—. ¡Siéntate bien! No pongas los codos encima de la mesa. ¡Qué espanto de niños!

Cristina apareció seguida de Basilia.

—Saluda a la madre de Alicia, hijita.

—¿Cómo está usted?

La voz de Cristina sonó tan apagada, que Lola se echó a reír. Era una risa que no hacía daño.

—En efecto, es muy tímida.

—Yo no he saludado, mamá —declaró Alicia.

—Como siempre, hijita.

—Os habíais olvidado de mí con tanto charloteo.

Y al decir esto se encara con Cristina, que en aquellos momentos parece un gato asustado.

—¿Has hecho los deberes? *Charlemagne, roi de France...*

Pero Lola la cortó a tiempo:

—No, por Dios. No nos hagas una exhibición de tu cultura.

—Cristina, enséñale tus juguetes a Alicia, y el jardín. Anda, querida. Haz *le tour du propriétaire.*

Lola pregunta:

—¿Cómo haces tú los *souflés*?

Alicia tiende su mano. El rojo vivo del vestido de Cristina contrasta con el tinte apagado y oscuro de las hojas de un limonar. Alicia mueve la cabeza. Los bucles parecen caballitos de un tiovivo.

—Mira lo que hago... Mamá dice que con este peinado parezco un árbol de Navidad. ¿Te gusta mi vestido? Es celeste. A las rubias nos va el celeste. El tuyo tampoco es feo. Bueno. ¿Me vas a enseñar el jardín, sí o no?

Cristina se aferra aterrorizada a las hojas de un laurel. Ya van jardín adelante. De pronto Alicia dice:

—Jesús caminaba sobre las aguas, y no se caía —al decir esto ella misma hace equilibrios sobre la pista de piedra, como si aquella franja fuera el mismísimo mar de Tiberíades. Aquello interesa a Cristina:

—¿Por qué?

—Porque es Jesús.

—Ven. Vamos a tumbarnos en un sitio donde la yerba no manche.

—*Petit roi Dagobert* —canturrea Alicia—. San Nicolás resucitó a tres niños que un carnicero había descuartizado y guardado en una tina. *Il était trois petits enfants, qui s'en allaient glaner aux champs.*

Tiene una voz bonita. Cristina la oye casi con embeleso. Al menos, arrobada.

—¡Anda, canta conmigo!

—No.

—¿Por qué?

—No sé cantar.

—Sí, anda.

Pero la voz de Cristina es como la de una ranita. Y al cabo de unos segundos deja de cantar y está a punto de que se le salten las lágrimas.

—No sé.

Entonces Alicia, con mucho tacto, exclama:

—Mira: una pasionaria.

—¿Sí?

—Oye, ¿qué flor es ésta?

—Ven —invita Cristina—. Aquí hay un árbol que tiene unas flores rojas pequeñitas. Que se chupan y están dulces.

—Jesús entró en Jerusalén subido en un asno blanco que se llamaba *Pituso.*

—Eso es mentira.

—No.

—¿Cómo lo sabes?

—Me lo ha contado mi madre. ¿A ti tu madre no te cuenta la vida de Jesús?

—No. A veces mi padre me cuenta chistes...

—¿Y cómo son?

—Chistes de «caca» para que yo me ría.

—¿Y te ríes?

—Sí. Me río con el de la señora gorda que no quiso tirarse un «fu».

—¿Un qué?

Cristina susurra al oído de Alicia:

—Un peo.

Y las dos se parten de risa, sin venir a qué.

—¿Y a ti tu padre no te cuenta chistes? —quiere saber Cristina.

—Yo no tengo padre.

—¿Se murió?

—¡Cualquiera sabe! Mi madre vive con Elías.

—¿Sabes el cuento de la vieja que vivía en una bota y tenía muchos hijos?

—Lo sé en francés.

—Yo lo sé en inglés. Pero tú lo sabes todo... —se admiró Cristina.

—Mira, hoy en la cocina, Rosario le ha dicho a la nueva, refiriéndose a mamá: «Hay que ver la suerte que tienen algunas».

1928

LIDIA CARDOVAN se enfrenta con el espejo para entablar el inútil combate de todos los días. La batalla del disimulo. Disfrazar los años con un maquillaje gracias al cual ya ha conseguido que las buenas amigas la llamen Sarah Bernhardt II.

Consuelo, que anda recogiendo las prendas que hay desparramadas por la alcoba, anuncia:

—Ya llegaron...

—¿Quiénes? —pregunta distraída Lidia.

—¿Quiénes querrá usted que sean? Amalia y su hija.

Lidia da un respingo. Las lazadas de su *deshabillé* tiemblan.

—¿Y cómo es la hija?

—Creerá usted que la Amalia ha tenido la delicadeza de venir a la cocina a saludarnos. Desde que llegó con un baúl más grande que ese armario y dos maletas, se encerraron las dos en el pabellón que usted les ha regalado.

—Que yo les he cedido. No empieces a liar las cosas, Consuelo.

—Yo las vi llegar desde el cuarto de la plancha. Vinieron en un coche de caballos. Sabe Dios lo que les habrá costado. La hija llevaba un capuchón de piel. Y no pudimos verle la cara.

—¿Capuchón de piel?

—Me pareció a mí.

A Lidia empieza a picarle el bichillo de la curiosidad.

—¿Y la madre?

—Como siempre. Como las húngaras.

—¡Anda, vísteme! Me voy a verlas.

—La señora pierde categoría...

—¡Anda, mujer! ¿En qué siglo vives? Amalia es una burra. Pero es una estupenda cocinera. Y además, a mí la cosa me hace gracia.

Consuelo la viste de mala gana. Lidia termina pasándose una cantidad desorbitante de polvos de arroz por la punta de la nariz.

La habitación de Amalia en el pabellón es pequeña. Muy pequeña. Perfectamente cuadrada. Las paredes están encaladas de rosa pálido, cosa que le presta a la luz que se cuela por un ventanuco, una tonalidad mágica. Los cristales de esta ventana convierten en azul el lomo de dos colinas. La cama es enorme. De hierro. Lo llena todo. Hay un baúl. Dos maletas encima del baúl que está forrado de cretona. En un rincón, una silla baja de anea. En la cabecera de la cama, una cruz. Detrás de la puerta, un perchero. Amalia está sentada encima de la cama, con las manos descansando en la falda de una bata de percal. Al entrar Lidia, la mujer alza la vista:

—Cuando se llega de viaje, Amalia, lo primero que hay que hacer es saludar a la señora.

—Iba a hacerlo ahora. Nos estábamos adecentando.

Lidia desconcertada, no sabe qué decir.

—¿Y tu hija?

—Ha salido al pozo. Como aquí no tenemos «ni agua»... Ni un espejo...

—Mañana, o esta misma tarde, te traerán lo que haga falta. A ver si Consuelo baja al pueblo. Bueno —exclama alcanzando la puerta— cuando hayas descansado, sube a verme. Con tu hija.

Lidia sale al jardín, empapado por la primera neblina del otoño. Amalia se encoge de hombros.

Al pasar por el vestíbulo se tropieza con Consuelo, que baja del piso alto.

—¿Cómo está Laura?

—Todavía no he subido a verla.

—¿Ha llegado el doctor?

—Todavía no. Pero no creo que tarde.

—¿Y mis hijos?

—Jaime, en el despacho. Julio salió con la señorita Isabel.

—Esos dos...

1946

La puerta de la sala, como siempre, se ha quedado abierta. El cielo, a finales de enero, adquiere a una determinada hora de la tarde un tinte violáceo. El frío, que no es intenso, recorta la silueta de los árboles dándoles forma de verdaderos cromos pegados en un ciclorama de celofán. La chimenea está encendida, y el silencio en el jardín tiene algo de religioso.

Isabel aparece de pronto. Vuelve de la calle, y lleva todavía puesto un abrigo de astracán que presta a su silueta sin elegancia una elegante consistencia. Cristina se arrebuja en una absurda e interminable bufanda de *mohair*, y se toca en un sombrero de topé azul eléctrico. Llena de infantil contento, le enseña al padre un libro que le han regalado. No es domingo.

—¿Dónde habéis estado?

—En casa de Lola Quijano. ¡Qué casa!

Isabel se ha sentado en un *puf* y se quita los zapatos.

—¡No puedo más!

—¿Cómo habéis venido?

—En auto, hombre. Nos ha traído Lola. Ha estado amabilísima. Hay que invitarla a almorzar un día de éstos. Lo que me extraña es que no habla para nada del marido.

Cristina quiere decir algo, pero su padre la ha agarrado de un brazo y juega con ella al burrito.

—¿Qué libro es ése?

—Los cuentes de Andersen. Me los ha regalado Alicia.

—¡Qué calor hace aquí! —se queja Isabel—. Voy a cambiarme. ¿Y tú? ¿No has salido? ¿No pensabas ir a un partido de fútbol?

—Ya sabes que el fútbol no me interesa mucho. Lo que ocurría es que me había invitado Luján. Pero a última hora conseguí rechazar sin peligro la invitación.

—Entonces ¿qué has hecho?

—Nada. Quedarme aquí leyendo.

—¿No ha llamado nadie?

—Creo que sí. Una de tus amigas.

—¿Gloria?

—No lo sé. No cogí yo el teléfono.

—Voy a llamarla. He conseguido sacarle a Lola nada menos que cinco mil pesetas para nuestra tómbola de invierno.

—Mirá, papá. Dimos un paseo en auto. El campo está ya todo manchado de lirios. La madre de Alicia sabe conducir.

—Sube a tu cuarto, hijita. Dile a Basilia que te ponga otro vestido.

Cristina obedece. Isabel vuelve a preguntar cosas:

—¿Has merendado?

—A las cuatro me tomé una taza de manzanilla con unas galletas digestivas.

Al pasar junto a la butaca, Julio coge a su mujer de un brazo y la sienta encima de las rodillas.

—¡Estáte quieto, hombre! Me arrugas el vestido.

—¿Por qué eres tan huraña? ¿Acaso no estamos casados, Isabel? ¿No soy tu marido?

—No es por eso, hombre.

—¿Entonces?

—Puede volver la niña. O entrar de pronto Basilia. ¿Qué iba a pensar?

Julio piensa en Nanny. Isabel, en su primera noche con Julio. En su terrorífico aspecto de oso.

—Y de noche en la cama, Isabel, ¿también te preocupa lo que puedan pensar los demás?

—Julio, no hablemos de eso.

—Tenemos que hablar. Hay que poner de una vez para siempre las cartas encima de la mesa. Si no lo hacemos, todo terminará mal.

—Mira, suéltame, voy a cambiarme.

—Luego, si te vienen con chismes... no empieces a fabricar dramas.

—Tus problemas sexuales, Julio, me tienen sin cuidado.

—¿Y los tuyos? —se irrita Julio.

—No los tengo.

—Mira qué bonito. Pues me gustaría llevar unos cuernos. Al menos me parecerías más humana.

—No digas barbaridades, hombre. Yo tengo dónde refugiarme. Soy una mujer mayor. Decente. Tengo mi religión. Tengo dónde refugiarme y huir del pecado.

—Entre marido y mujer no hay pecado. Cristo dijo: Creced y multiplicaos.

—A mí me da asco.

—Entonces, pecas. Resulta muy cómodo decir: A mí no me interesa la cuestión porque esa cuestión es pecaminosa. Y además me da asco. Y me resulta comodísimo no pecar. En el momento en que no pecar resulta comodísimo... Dime tú a mí si la cosa tiene algún mérito.

—Bueno, no desbarres. Ya veo que te has bebido media botella de *whisky*.

—Isabel, esta noche. Sólo esta noche.

—No, Julio. Lo siento.

* * *

Julio consigue entornar los ojos hasta convertir el fuego que arde en la chimenea en una endeble línea roja.

—¡Papá!

—¿Qué hay, nena?

—Léeme uno de estos cuentos.

Pero Julio se niega.

—Estoy muy cansado.

—¿Sabes una cosa, papá?

Julio se mira las uñas de la mano izquierda.

—Alicia no tiene padre.

—¿No?

—No. Su madre vive con un hombre que se llama Elías.

—¿Lo sabe eso tu madre?

—No me ha dado tiempo a decírselo.

—Pues no se lo digas. No se lo digas nunca, ¿sabes?

—¿Por qué?

—Porque entonces perderías tu amistad con Alicia. Y además se enfadará mucho.

Cristina se muerde los labios.

—¿No le dirás nada?

—No.

—Lo malo es que ella terminará por enterarse. ¿Tú quieres mucho a tu amiguita?

—No lo sé. Cuando estoy con ella es como si estuviera encerrada en el armario. Pero más grande.

Julio guarda silencio. Luego comenta a media voz:

—Confía siempre en el olfato de su madre para adivinar quién es y quién no es una señora. ¡Pobre Isabel! Siempre con ese miedo a equivocarse, se equivoca siempre. Lo malo es que en eso, como en todo, «cuestión de matiz».

Julio parece divertido. La que no entiende nada es Cristina.

1928

—¿Qué te pasó ayer?

Laura se ha quedado con una mueca bailando en el aire. Una mueca de decrepitud y cansancio. Como si su cuerpo hubiera absorbido toda la lluvia del Monte. La almohada parece un valle, un valle en miniatura sembrado de espliego. El rostro menudo y fino guarda la palidez de los viejos grabados, y las huellas de una problemática enfermedad aparecen clavadas en la cuenca de sus bonitos ojos.

Jaime, que se ha sentado en la cama, con su abrigo color de tabaco, sus zapatos de charol de punta afilada, y su olor a ron quina, se limita al silencio. Clava como un gavilán la mirada en los ojos de la enferma, y no dice nada. Las manos de Laura son dos pájaros muertos, abatidos en pleno vuelo, que intentarán inútilmente batir unas alas que ya no pueden con el tamaño del cielo. Lidia, que ha subido a verla con Julio, permanece cerca de la ventana de guillotina y contempla el jardín, cegado de lluvia. Consuelo, sentada en una mecedora, borda cabizbaja.

—¿Tú crees, Julio, que de verdad debemos hacer venir a los padres?

—Isabel tiene miedo de que el proceso de ese dichoso enfriamiento terminó en algo feo. Parece que Laura no anduvo nunca bien del corazón.

—El médico, desde luego, no es partidario de que se mueva de aquí con este tiempo.

Consuelo, que se ha levantado para tomar la caja de la costura, que se ha quedado olvidada en el alféizar de la ventana, oye los últimos retazos de la conversación y comenta:

—Yo la veo peor cada día. No tiene más que ojos.

Y vuelve a la mecedora y al bordado de punto de cruz.

—¿Quieres una tacita de té, Laura?

Laura hace como que sonríe.

—No.

—Te reconfortará. No debes deprimirte, hijita.

Pero en Laura todo se convierte en una despiadada conformidad.

—Bueno...

Entorna los ojos y aspira el olor, mezcla de naftalina, jabón de afeitar y ron quina de Jaime.

—Eres un canalla —musita con melodramática comicidad.

Jaime, que no consigue disimular su inquietud, pregunta solícito:

—¿Quieres que te suba un poco la almohada?

—Eres un canalla —exclama divertida Laura en voz menos baja.

—Van a oírte, Laura.

—¡Qué importa! ¿Crees que me importa?

—No seas niña. Debes de tener fiebre.

—No, Jaime. Es otra cosa. Tú lo sabes.

Lidia, que da vueltas a uno de sus bucles, portentosos bucles que se han mantenido indemnes a través de los años y que han pasado tras muchísimos tonos a un rubio azulado, conversa con Julio:

—Isabel no se habla con Jaime.

—¿Tú crees, mamá?

—Estoy perfectamente convencida. Lo he comprobado durante los almuerzos.

—Mamá, eres única para crear un clima de mutua antipatía.

—¡Mira como se ha puesto aquella esquina del jardín de champiñones!

—No empieces a jugar con tus trucos...

—Y se agarran al abedul con una pasión llena de vicio.

—Mamá...

—Bueno, Julio. Ñoñeces, no. ¡Cómo te está poniendo Isabel!

Laura vuelve a utilizar su voz:

—Jaime, ayer te oía pasar.

—¿Cómo sabías que era yo?

—Sé cuando eres tú el que pasa por la ventana. ¿Adónde ibas?

—No te agites.

Lidia prosigue:

—No, Julio.

Laura habla con voz que quiere ser bronca:

—La muerte...

—¡Qué tontería!

La habitación se llena de voces entremezcladas.

—Es algo tan importante...

—Una cosecha que puede dar dinero.

—¿De qué?

—Julita se ha separado del marido.

—¡Abrázame!

—¿Has visto lo cariñoso que está Jaime con Laura?

—¡Cálmate, Laura!

—Pon tu mano sobre mis senos.

—Ahí viene Isabel. ¿Dónde estaba?

—Ven luego.

—¡Cierra esa puerta!

—No deja de llover.

—¿Qué se sabe de la hija de Amalia?

—Nada. Vino a verme la madre. Pero la hija, como los mirlos en los cuentos japoneses, se esconde.

—Amalia le ha echado hoy a la salsa carmín bretón.

—Nadie la ha visto.

—Nadie la conoce.

—El día se lo pasa en la ciudad.

—¿Y las noches?

—Por favor, Jaime, vuelve luego. No me abandones.

—Laura, querida, te dejamos. Con este charloteo no me extraña que te duela la cabeza. ¿Quieres algún libro? Quieres algo de la ciudad? ¿Qué se te apetece?

—Nada...

Consuelo, que ha levantado la vista, abandonando su labor de punto de cruz, se pincha un dedo. Y empieza a brotar sangre.

1946

CRISTINA HA RECUPERADO el inquietante mundo de Nanny. Pero si la inglesa se había limitado, cansina, a despertar en el cerebro imaginativo —imaginativo hasta la enfermedad— de la niña una cadena de imágenes con sus leyendas abarrotadas de seres prodigiosos, que iban desde la voz de la propia Nanny hasta los grabados de los cuentos ingleses de finales de siglo, con Alicia existía la portentosa ventaja de que las dos podían participar de ese extraño mundo, tomar parte en la feria, entrar en él, todo ello gracias a no se sabe qué extraordinario secreto hecho de calor y de amistad. Entraban en él, como la heroína de Lewis Carroll, atravesando el espejo. Era portentoso. El armario —barco pirata, casa de chocolate, tronco de árbol, seta vivienda— venía entonces a resultar pequeño. Necesitaban grandes espacios.

Y como suele ocurrir con frecuencia, en la sombra, vigilaba la mancha negra. Especie de búho, genio del mal, que de un momento a otro haría añicos el cristal del espejo con una pedrada.

Isabel, no impulsada por ningún motivo de tipo psicopatológico, sino sencillamente porque la cosa era así, porque creía obrar de buena fe, porque pertenecía a esa clase de personas que siempre se equivocan, viene a convertirse en la mujer que fabrica el drama.

—¿Dónde está la niña?

Pero nadie le contesta. Julio no está en su despacho. Son las cuatro de la tarde de un domingo de finales de julio, y nadie ha almorzado en casa. De pronto aparece una de las criadas.

—Vino a buscarla una señora con un coche negro...

Isabel sube la escalera, levantando un poco de aire en el calor de la tarde con su vestido de muselina. Un vestido extraño, impropio de Isabel, a quien el verano lleva a los mayores absurdos.

—El calor me mata —se disculpa ante su círculo de amistades, restringido, circunspecto y oscuro.

Es entonces cuando tiene que recurrir a la muselina, que no está de moda, o al tul o al organdí, y a los crespones estampados.

Julio se queda boquiabierto:

—Menopausia, seguro —comenta para su capote.

La niña no tiene vacaciones todavía. Los domingos suele quedarse en casa, entretenida, pintando o leyendo, cuando no viene a buscarla Lola para llevarla con su hija.

—Hoy hemos estado en «Coco Beach».

Ella, Isabel, no ha puesto nunca los pies en una playa.

—No quiero que vayas... El aire del mar no te sienta bien.

Pero en la casa, todo el mundo comprueba que Cristina come con más apetito, que trae mejor color y que hasta parece más bonita.

Isabel da vueltas por su habitación, agitada, intentando reprimir todo lo que se le viene amontonando en el cerebro.

«¡Ayúdame, Señor! Quiero comportarme como una persona normal, humana... No quiero hacerme un lío. Tú has pronunciado la palabra caridad con un significado mucho más amplio. Distinto.»

En el jardín se oye frenar un auto. Isabel tiembla. Baja con rapidez los escalones y alcanza a Basilia:

—Si viene esa señora, dígale que yo no estoy en casa.

Y se refugia en el despacho de Julio. Allí se arregla el cabello y siente una inusitada preocupación por los pliegues de su vestido de muselina. Cada cuenta de su collar de jade se convierte en un avemaría. El coche vuelve a arrancar de nuevo. Isabel suspira y respira. Al salir se tropieza con la cara risueña de Cristina, que dice:

—Mamá, Basilia le ha dicho a Lola que tú no estabas.

Isabel toma a su hija de una mano y la lleva a la sala.

Se sientan en el diván grande. El que tiene los rododendros.

—Cristina, querida, tienes que estudiar. Aprobar los exámenes. Y en cuanto te den las vacaciones, te mando a casa de Mariquita Gandara.

—¿Por qué, mamá?

Cristina piensa con terror en la vieja amiga de su madre, que vive solitaria en una casa pequeña, de tejado de pizarra, al pie de una colina.

—Supongo que tu amiguita y su madre saldrán para España.

—Este año se quedan aquí. Lola piensa alquilar un *bungalow*, aquí en el Monte, en la Residencia Milford.

—Llena de soldados americanos y de vagabundos. Muy Lola Quijano.

—Por las tardes yo me iré a jugar con Alicia...

A Isabel se le pone el gesto mustio. Parece un Pantoja.

—Ya veremos, hija. Lo primero que tienes que hacer es estudiar. Sacar buenas notas en los exámenes.

—Sí, mamá.

Cuando llega Julio, la niña ya está en su cuarto. Isabel sigue con cara larga.

—¿Qué te pasa?

—¿Tú no lo sabías?

—No. ¿Qué es?

—Lo de Lola.

—¿Y qué le pasa a Lola?

—Casi nada...

Julio se sienta en la butaca, en espera de la retahíla que su mujer va a soltarle de un momento a otro.

—Vive con un hombre. No está casada. Con un judío... Y por si eso fuera poco...

Julio pone la radio. «Música acuática» de Haydn. La voz de Isabel llega a convertirse en una bandada de patos salvajes.

* * *

—No vengas tarde a almorzar, Julio.

—¿Tenemos invitados? —pregunta molesto el hombre.

—Sí.

—¿Cuántos?

—Dos —sonríe Isabel, que lleva un vestido claro.

—¿Se puede saber quiénes son?

—Lola Quijano y su hija.

Julio se queda boquiabierto:

—Pero, Isabel.

—No pongas esa cara, hombre. ¿Conoces bien los Evangelios?

—Mujer, uno no está tan dejado de la mano de Dios.

—¿Te acuerdas del episodio de Jesús y María de Magdala?

—¡Ah, vamos! —exclama divertido Julio.

—¿Qué?

—Mujer, es que tú no estás a la altura de Jesús.

Isabel, enfurecida, le vuelve la espalda y se concentra frente a un jarrón de barro cuajado de mimosas. Julio sale de la casa y ni siquiera se le ocurre dar un portazo, como hace siempre cuando está de buen humor. Los gatos, que esperan a la puerta, lo miran extrañados.

Acto de Caridad

«Señor, Vos sois infinitamente amable, sois mi Padre, mi Redentor, mi Dios, y por esto os amo de todo corazón sobre todas las cosas, y por vuestro amor amo a mis prójimos como a mí mismo y perdono de corazón a los que me han ofendido.»

Isabel cierra su devocionario. Son las dos y cuarto de la madrugada. La ventana de la alcoba, abierta de par en par, deja que se cuele el canto de un búho mezclado con un rayo de luna.

1928

No se sabe por qué, hay un gramófono que allá en el fondo del jardín hace sonar, por encima de la lluvia, la voz gangosa de alguien que canta «La Cumparsita». Lo canta una y otra vez, hasta parecer traspasada por el agua que cae, aumentada, gigantesca estridencia como especie de planta o flor carnívora y exótica que quisiera trepar por todas las ventanas de la vieja casa y ahogar a sus habitantes en un desesperado abrazo de comprensible rebeldía.

Lidia está sentada en la sala, en un sillón que parece isabelino, tapizado de gutapercha. Con mirada incisiva va cortando el paisaje que se descubre a través de los cristales de la puerta. Verde oscuro, verde claro, verde mojado. Las ramas del cedro se sacuden las gotas de agua contra los muros de la parte alta. En los labios de Lidia cuelga un pliegue cansado, reducido a una mueca que tal vez quisiera significar cansancio.

—Te has acostado con ella.

—Mamá...

—Me lo ha dicho ella misma. Y fue en el *bungalow*. Cuando empezó la lluvia.

—Pero...

—¡Ah, no! Siempre fuiste el predilecto. Y ahora, escúchame bien, ahora, yo, que soy tu madre te lo digo: sólo me inspiras repugnancia. ¿Sabes por qué? Porque he comprobado que sólo piensas en eso. Que sólo vives para eso. Que no hay nada estimable en ti. Ni siquiera la avaricia de tu hermano Julio. Ni mucho menos ambición, claro. Que te acuestes con todas las furcias de la ciudad, de acuerdo. Allá tú. Ya sé que te gastas un dineral en cuidar tus enfermedades secretas. Pero que lo hagas con la hija de una de mis mejores amigas, y en mi propia casa, eso no te lo tolero. No te lo perdono. No te lo perdonaré nunca.

—Mamá...

—¿Sabes lo que va a durar Laura?

—Puedo casarme con ella.

Lidia intenta sonreír.

—Lo dices como el que está dispuesto a morir en el garrote. Ya no hace falta, querido, que te sacrifiques de ese modo. No te la mereces, además. Demasiado tarde para reparar tu falta. Hoy hemos puesto un telegrama a los padres. El especialista que hemos hecho venir de Casablanca ha declarado que su lesión de corazón no resistirá el proceso de esa enfermedad...

—¿Y ella?

—¿Ella qué?

—¿Es que no tiene culpa de todo esto? ¿Acaso no se me ofreció como una vulgar mujerzuela? Cualquier hombre hubiera hecho lo mismo en mi lugar. Las dos han venido a esta casa dispuestas a llevarse un marido.

—Bien cara ha pagado su culpa.

—Me casaré con ella in artículo mortis.

—¡Cínico, ojalá te hubieras muerto al nacer!

Las palabras de su madre son para Jaime una amarga bofetada. Se levanta y, abriendo la puerta, huye al jardín. Lidia empuña un bastón de hueso con mango de plata labrada, y sale del aposento con una majestuosidad puramente victoriana.

La lluvia empapa de humedad las toallas. La lluvia enfanga las losetas de mármol rojo de la puerta de entrada. La lluvia hace llorar los cristales de todas las ventanas. La lluvia se mete en los huesos. Se esconde en las teclas de un viejo piano. En las bolsas de espliego. En el reloj de la antesala. Empaña las cornucopias del vestíbulo. Y pone el lomo de una gata persa escarchado e hirsuto. La lluvia está matando a Laura. En la cocina, por culpa de la lluvia, todo anda manga por hombro. La ropa hace dos semanas que no se seca, aunque la tiendan en el invernadero, enciendan las estufas y las sábanas terminen por adquirir un amarillento tono hepático. Y allá, en el fondo del jardín, colándose a través de las ramas de un árbol, brotan chillonas las notas de un vals de Waldteufel.

Consuelo baja, precedida de un hombrecillo con andares felpudos. En el enjuto rostro del desconocido, la luz de la media tarde estampa como un ala de cuervo.

—Señora...

Lidia entabla un diálogo breve con el visitante. Consuelo, como un soldado a la puerta de Buckingham Palace, permanece tiesa en el arranque de la escalera. Mina le abre la puerta. Y el hombre, que lleva un maletín en la mano y se parece al diablo, sale de estampía.

—¿No está Isabel? —pregunta Lidia.

—Bajó a la ciudad —contesta Consuelo.

—Hay que buscarla. ¿No sabes dónde ha ido?

—Creo que con el señorito Julio a la oficina, y después le oí decir que al «Gran París», a comprarse unos zapatos.

—Llama a los dos sitios. Y en cuanto la tengas le dices que suba en seguida. Que tome un taxi. No se le vaya a ocurrir venir en un coche de caballos. ¿Cuándo dejará de llover?

Lidia sube la escalera como si la casa fuera un trasatlántico. Recogiéndose la falda de su bata de encaje, en un ademán cargado de fin de siglo.

Cuando entra en la alcoba donde descansa Laura, encuentra a ésta menos pálida. Lleva el cabello cuidadosamente peinado, y la blanca piel de su cuello resalta con el color salmón de su camisa de dormir. Hay en su rostro un claro y evidente matiz de serena belleza.

—¿Te sigue doliendo la garganta?

—No. No me duele nada. ¿Por qué no me entornan esas persianas? Quisiera descansar un poco. No sé, pero siento como si algo se alejara de mí. Como si perdiera peso. ¿No crees que debo de estar muy grave?

—Lo que estás es muy débil. Ahora te van a subir una taza de caldo.

Consuelo, que aparece sin que se la sienta, cierra las persianas, tal vez por instinto, tal vez cegada por aquella luz gris e intensa, y produce un leve chasquido.

—Nada. Que no para. Y así llevamos cerca de veinte días.

—Tienes los pies helados, Laurita. Consuelo, di en la cocina que calienten una bolsa.

—La almohada... —ruega Laura.

Cuando Lidia baja de nuevo a la sala, descubre que las ramas del cedro gigante mecidas por el viento convierten la estancia en un paisaje submarino.

—¿Y los padres? —pregunta Consuelo.

—Las carreteras en España están inundadas... Esta lluvia, por lo visto, es general. Consuelo, tú que lo sabes todo, ¿dónde se esconde Jaime? Laura se queja de que no viene a verla.

Consuelo calla. Guarda silencio. Entonces Lidia, que había esperado la respuesta como quien espera un oráculo, ordena:

—Di en la cocina que preparen el té. Y que traigan más leña para esta chimenea. ¿Pues no está haciendo más frío que en invierno? —De nuevo, allá en el fondo del jardín, vuelven a brotar los compases de un tango.

—Pero ¿quién arma ese jaleo?

—La hija de Amalia, señora.

—¿Tú la has visto?

—No, señora. Pero sé que está encerrada en el pabellón desde las tres de la tarde. Vi un enorme sombrero de muaré malva por encima de las adelfas.

En el reloj del vestíbulo dan las cinco de la tarde.

1946

—¿QUÉ TE PASA, Cristina? ¡Ven aquí! ¿Por qué lloras?

Cristina no contesta. Isabel se coloca un sombrero ante el espejo del vestíbulo.

—¿No quieres venir conmigo a la boda de Quica?

—No.

—Pues no te entiendo, hijita. Has traído del colegio unas notas excelentes. Mañana te darán las vacaciones. Pasas de clase. Te van a dar un premio. Tu padre ha prometido regalarte lo que tú quieras. Basilia te ha preparado para la merienda tarta de moka. Y otra cosa: en cuanto empiecen las vacaciones, es decir, desde mañana mismo, te irás a jugar todos los días con tu amiguita Alicia a la Residencia Milford.

Cristina enrojece. Cristina estalla. Sus palabras brotan rabiosas y entrecortadas:

—Alicia se marcha mañana por la tarde, después del reparto de premios. Se van al Sur con Elías. Se van para siempre. —Esto lo ha dicho ya en lo alto de la escalera, con la garganta abarrotada de sollozos.

Isabel entorna los ojos. Isabel reza. Luego deja el sombrero encima de la consola y sube al piso alto. A la habitación de su hija. Cristina está tumbada en la cama. Ya no llora. Se ha quedado mirando el techo, desolada; en su pequeño rostro se forma un trazo duro. Isabel le acaricia el cabello:

—¿Tú quieres mucho a Alicia?

—Es mi mejor amiga. No tengo otra.

—Ya te buscaremos una amiguita para este verano.

—No. No quiero a nadie.

—Lo siento. Mira, si lo deseas podemos decirle a Lola que nos la deje aquí con nosotros, y luego tu padre la lleva antes de que empiece el colegio allá abajo.

Cristina parece más calmada.
—No, mamá. Es mejor que se marche.
Isabel, admirada, mira a su hija.
—¿Por qué, Cristina?
—Alicia está muy contenta. Allá abajo tendrán una casa con piscina y jardín. Yo necesito a Alicia. Alicia no me necesita a mí.
Isabel sale de la habitación dejando, como siempre, un rastro de perfume.

* * *

Lola Quijano telefonea a las diez de la noche. En el preciso instante en que Isabel termina de contárselo todo a Julio. Isabel charla con ella un buen rato. Está todo el tiempo muy amable. Julio se ha enfrascado en la lectura de una novela policíaca cuando ella vuelve a la sala:
—Era Lola. Para despedirse. Hemos quedado en vernos mañana. Iremos a tomar un aperitivo a cualquier parte después del reparto de premios. Iremos a un hotel con las niñas.
—¿Qué hace la nena?
—Está en su cuarto.
—¿Qué crees que podríamos regalarle?
—No lo sé, Julio. Es una chiquilla tan rara...
—Libros tiene.

—Sí. Y juguetes o muñecas me parece estúpido. Julio, hijo, cierra esa persiana. ¿No tienes frío?

Isabel, al decir esto, se arrebuja en su chal imaginario.

—Esta mañana ha pasado por la oficina un moro vendiendo una gacela.

—¡Lástima, hombre!

* * *

En la terraza del hotel hay un magnolio. Y una orquesta que ataca por segunda vez «Sentimental Journey».

—Mamá, ¿puedo pedir un helado de fresa?

—Sí, déjame hablar con Isabel.

—¿Y Cristina?

—Por ahí escondida.

Cristina, en su vagabundeo, va a parar a los lavaderos. A la parte trasera del hotel, donde la hierba crece descuidada. Los alambres de tender la ropa se confunden con los cables eléctricos y con las antenas de los aparatos de radio que hay en los edificios cercanos. Junto a una pared mal encalada, en la que aparecen descascarillados algunos trozos similares a mapas de continentes desconocidos, se amontonan en gigantesca montaña botellas vacías, botellas que fueron de *whisky*, de *pommery*, de ron, de vermut, de coñac y de champaña. Testigos de momentos alegres, o de momentos tristes. Las gallinas, esmirriadas, juegan a la torre de Babel y cacarean lenguas incomprensibles. Unas mujeres corpulentas, con algo conventual en sus gestos, en su manera de ir y venir, recorren una pista de cemento en cuyo centro se alza una pila alargada. Se contonean en una danza vanguardista, y manchan el aire con sus voces. Es un mundo divertido. Una de las mujeres hace con la mano una señal obscena:

—¡Toma ésta! Y ven por otra.

Algunas casas, achatadas, de una sola planta, tienen un pequeño solar, con ciruelos japoneses y dompedros. Y las ropas tendidas confieren a todo aquel lugar un aire verbenero. Lejos, muy lejos, se oye la orquesta. A ramalazos. Ahora ataca «Morucha».

—¡Cuidado, que hay ropa tendida! —advierte una mujer a gritos, señalando hacia Cristina.

—¡Puaf, será la hija de alguna de esas extranjeras que se acuestan hasta con las chumberas!... O la nieta de alguna inglesa o alemana borracha.

—Mira qué vestidillo más bonito lleva.

—Niña rica. ¡Viva el lujo y quien lo trujo!

—Niña feliz. Y allí me he dejado a los míos. Con un pedazo de pan con aceite y un ajo. Y al padre, como siempre, tumbado a la bartola.

—¿Te has traído la botella de clarete, Paca?

—Oye, tú...

—¿Qué quieres, niña? —pregunta una de las mujeres con cara de rata menuda.

—Nada. Mirar...

—¡Anda, pero si habla en cristiano! ¿Eres española?

—Mi madre es española. Papá es inglés.

—Entonces, hija de mi alma, vete de aquí. ¿No ves que estorbas?

Cristina puso un «hocico» triste. Y la mujer, entre apenada y divertida, terminó por echarse a reír.

—¿Quieres un poquito de vino?

—Oye, rumbosa, no invites, que cuesta tres pesetas una botella.

—Yo tengo diez pesetas —confesó con súbita simpatía la niña.

La mujer con cara de rata se acercó y le acarició la mejilla. Su mano olía a ropa a punto de ser planchada.

—¿Me la das, bonita?

—Ten.

—Gracias. ¿Lo estáis viendo? Hay gente rica que no son miserables.

—Los niños. Con su madre te quisiera yo ver.

—Y ahora te vas a beber a mi salud un traguito de vino. Y una miajita de pan con tocino que le voy a dar yo de merienda. Amor con amor se paga.

—¿Qué haces aquí? —quiso saber otra mujer. Gorda, descomunal, con la cara aplastada y de color terroso.

—Me aburría allí...

—¿Sabes bailar «El Manisero»? Mira cómo lo bailo yo...

Y la mujer gorda, la más gorda de todas, se contoneaba y las demás mujeres se reían mucho. Cristina se sintió transportada. Ni siquiera se acordaba de Alicia.

1928

DEJA DE LLOVER. Es como una especie de tregua. Sólo allá en el estuario, en la parte más rocosa, la que está coronada por un bosque de pinos, quedan flotando jirones de niebla. El cielo sigue igual, con la misma luz, entoldado y opalino, tan gris como en los días anteriores. Se forman pequeñas charcas en algunas superficies verdes. Y en las casas, las más altas, cuyos tejados asoman curiosos por encima de los árboles, aparecen coagulados manchones de humedad.

Yvette de Poissy da de comer a uno de sus hijos, en el comedor pequeño de su villa de estilo portugués, cuando suena el teléfono. Gastón, el marido, que sale en aquellos instantes de sus habitaciones, inicia unos pasos de charleston en el primer tramo de escalera para divertir a los niños. Se precipita escalera abajo:

—Es para mí...

—No, Gastón. Es para mí...

El hombre adopta un aire lánguido y, con las manos metidas en los bolsillos de su pantalón de golf, da una patada a un oso de felpa. Permanece inmóvil ante una ventana, contemplando el jardín, que se halla convertido en una especie de laguna.

—*C'est emmerdant...*

Yvette le susurra al oído:

—*Ah, tu sais? La pauvre petite...*

Pero la menor de sus hijas, que se desayuna con frutas, se atraganta con un gajo de naranja. Y Gastón, cosa muy natural, cree que se trata de Odile.

* * *

A veces, no siempre, Emma encuentra a su hermana terriblemente ridícula. Sobre todo desde que se ha casado con el hijo de una de las familias más ricas de la ciudad.

—¿Cuál de ellas? —quiere saber Sarita.

—La más joven.

—¡Qué infortunio!

Emma está a punto de soltar el trapo. Una carta que acaba de recibir, tiembla en sus manos.

—¿Desde dónde te escribe?

—Desde Ceilán.

—No le digas nada a mamá.

—No cambio un pelo de Tommy por ciento de los de tu marido. Si lo hubieras visto estos meses atrás en el «Country Club» montando a caballo... Parecía un centauro.

Sara preguntó:

—¿Y de qué ha sido?

—Un enfriamiento. ¡Yo qué sé!

—¡Qué disgusto para Lidia!

—En cambio tu marido, hija —prosigue obsesionada Emma—, es un siniestro personaje de Shakespeare.

Sara, exasperada, ruge:

—Voy a vestirme.

—Sí. Mientras viene Alberto.

—Me pondré uno de mis vestidos de soltera.

—Sarita, hija, no se te vaya a ocurrir ponerte un vestido de colorines.

—¡Cómo está hoy la plantadora de té! —revienta muy digna, Sara.

—¿Sabes una cosa? —pregunta Emma extendiendo un brazo más allá del alféizar de la ventana.

—¿Qué cosa?

—Que ha dejado de llover.

* * *

—Ya han traído la caja —anuncia la mujer alta con acento castellano.

—¿De qué color es? —pregunta la mujer menuda, que es andaluza.

—Mujer, blanca. ¿De qué color quieres que sea?

—Yo conocí a una muchacha de mal vivir que la llevaba rosa.

—¿De qué vestirán a ésta?

—No lo sé. De novia, me parece a mí.

—¿Tú la has visto?

—No. Pero en cuanto instalen en el despacho la capilla ardiente, iré a rezarle un Padrenuestro.

—Aquella muchacha que yo digo, llevaba un mantón de Manila.

—Pues vaya, hija. Parecería aquello un entierro de barraca de feria. ¿Y los curas permitieron eso?

—Era protestante. Aquí se murió el año pasado una inglesa que iba con un traje de montar a caballo.

Consuelo entra como una tromba:

—¡A ver, una de vosotras, que vamos a vestirla!

—¡Ay, no! Yo no, que a mí los muertos me impresionan mucho —confiesa la andaluza.

—Pero si la pobrecita parece dormida... ¿Dónde anda la Amalia?

—¿No estaba con usted?

—Yo creo que anda preparando el despacho.

—Pero ¡si la Amalia donde tiene que estar es aquí! ¿Han traído el café?

—Ya está llegando la gente.

—¿Y la hermana?

—¿Y los padres?

—Esta tarde llegan.

—¡Pues anda que está el mar...!

—¡Anda, ven!

—No. Yo no. Que vaya ésta.

—Jesús, hija, tanto miedo a los muertos y después con los vivos te pasas de rosca.

—¿Sabéis una cosa? —dice la mujer con acento castellano, que plancha unas bragas.

—¿Sí?

—Ha dejado de llover.

* * *

Isabel tiene la cara de una muerta. Lidia Cardovan va de un lado para otro, sin rumbo fijo, porque su alcoba es amplia. Consuelo, que está en todas partes, surge de improviso, como si brotara del interior de un armario.

—Señora, el terciopelo negro le viene chico a la mesa.

—¿Has mandado a Amina a casa de Sonia por los candelabros?

—Ya tiene que estar de vuelta.

—¿Y Julio?

—Ha tenido que ir al puerto.

—¡Pobre Julio, debe de estar hecho polvo! ¡Y el otro... Dos días hace que no aparece por aquí. ¿Hay mucha gente abajo?

El vestíbulo está lleno de paraguas.

—¿Quién hay en la sala?

—El cónsul de España. La ministra de Bélgica. Nena Madison. Sarita y Emma con la madre. Pipiola Sterling, medio dormida, con un pestazo a *whisky*... Y un botellín de «Johnny Walker» en el bolso.

—Anda, calla, calla, no comentes.

Consuelo sale. Lidia se asoma un instante a la ventana.

—Mira, parece que vamos a tener buen tiempo —dice.

* * *

—Ya han llegado.

Los manteles se amontonan encima de la mesa. La leonera, que entonces comunica con la cocina, parece un quirófano. Candelaria, que zurce lo inzurcible, alza la vista para preguntar:

—¿Quiénes han llegado?

—Los padres.

—¿Lo has visto tú?

—¡Claro!

—Hija, no te pierdes nada. ¿Y cómo son?

—La madre, muy delgada y muy pálida. Con el pelo cano. Y el padre alto y gordo. Con bigote «a lo Kaiser». Los dos vienen vestidos de negro. A mí se me ha puesto carne de gallina. Traen con ellos a un muchachito de unos diez años, con ojos de chino asustado. Yo me he tenido que esconder tras los helechos para hincharme de llorar.

—Luego dicen...

—En toda la noche he pegado un ojo.

—A las cinco.

—¿Lo veremos desde aquí?

—No. Pero te vienes conmigo a la cámara.

—Dame una copita de aguardiente, ¿quieres?

—¿Me has bordado las iniciales en las combinaciones que te dejé?

—Hija, nadie da nada de balde. ¿Para cuándo es la boda?

—Dios mediante, el mes que viene.

—Ya tendrás tú ganas. Ya.

—Loca estoy. Aquí todo lo hago al revés.

—¿Se lo has dicho ya a la señora?

—No me he atrevido. Como ahora no está el horno para bollos...

—Pues no esperes mucho. Mientras más tardes, será peor...

Rosario fue hasta una alacena y sacó una botella de Anís del Mono. Puso dos copas encima de la mesa.

—¿No vendrá nadie?

—Ahora no. Andan todos demasiado ocupados.

* * *

Consuelito entró en el *office* abrochándose un guante de cabritilla negro. Iba de tiros largos.

—A ver, vosotras, ¿es que no venís?

La mujer que planchaba alzó la vista y exclamó con acento castellano perfecto:

—¡Mujer, qué guapa vas! Cualquiera diría que eres del servicio doméstico.

La menudita, la que no quiere nada con los muertos, sonríe. Consuelo, muy digna, colocándose bien el ala de su sombrero ante el cristal de un armario abarrotado de tarros de confitura, respondió:

—No soy del servicio doméstico, soy la *gouvernante.*

Las dos mujeres se echaron a reír. Consuelo se puso verde.

—Ya —dijo—. Si se os está viendo el pelo de la dehesa. Si cuando venís por estas tierras en lo que menos pensáis es en aprender, sino en agarrar unos pantalones.

—Bueno, bien está —cortó la andaluza.

—Mira, no queremos dejar la casa sola, ¿sabes?

—¡Allá vosotras!

Y al decir esto tomó un paraguas que había apoyado contra el muro, cerca de la puerta de entrada, grande y antiguo, y salió.

* * *

En la casa quedó vagando un silencio pesado. Silencio de domingo. De vez en cuando, la plancha de la mujer, allá en la cocina, producía un chasquido. En el despacho, que había servido de capilla ardiente, olía aún a pabilo y a flores secas. En el suelo, alguien había aplastado sin querer una rosa. Amina abrió las persianas y de fuera del jardín entró una bocanada de aire con olor a tierra mojada. Se había desencadenado una lluvia íntima con el agua que caía de las ramas de los árboles y la que brotaba sonora de los aleros.

Ni a Esterica ni a Amina las habían dejado nunca traspasar los umbrales del *office*. Y ahora estaban allí, en el despacho y lo miraban todo con arrobada y encantadora felicidad.

—No hay nadie —susurraba Esterica—. Han ido todos al entierro de la señorita Laura.

Y las dos empezaron a curiosearlo todo, dándose empaque, animadas por la imagen que de ellas dos iban repitiendo los espejos y las cornucopias. Imagen de dos chiquillas asustadas y pobres en un mundo inundado de muebles de estilo, en el que abundaban los pesados cortinones de terciopelo rojo.

En el desván, la luz entraba sin ninguna avaricia por una gigantesca claraboya. Una vez allí, se volcaba sobre los objetos. Unos baúles, una cuna de madera tallada (cuatro racimos de uvas entrelazados en forma de guirnalda) que años más tarde Isabel utilizaría como portarrevistas. Unos libros y unos juguetes que fueron de los niños. Entre ellos, no se sabe quién fue la misteriosa propietaria, una muñeca alemana comprada en los tiempos del Imperio austro-húngaro, con los ojos muy abiertos como si hubiera muerto víctima de una impresión terrible, testigo de Dios sabe qué angustiosos momentos. Llevaba una falda de muaré granate y una especie de blusón de tarlatana con espigas bordadas en hilo de color oro viejo. Tenía una cabellera espesa y amontonada de pelo natural, rubio pálido, ya canoso. Lindaba esta cámara con el cuarto en el que dormían las criadas de menos confianza de la casa, como Carmela, Rosario y otras. Consuelo hacía tiempo que había sido trasladada a una alcoba particular, y desde entonces se consideró nombrada ama de llaves oficial. Y Amalia, antes de dormir en el pabellón con su hija, lo había hecho en la cueva que se hallaba debajo de la cocina, en compañía de sus dos jóvenes ayudantas: Esterica y Amina. Aquellos cuartos, con el tejado por techo, cubiertos de vigas de madera y espaciados por claraboyas, en la estación de las lluvias se convertían en escenario de prodigiosas tormentas, y a los que el sol en verano invadía y recalentaba, hasta hacer imposible estar en ellos. En las noches de estío, las mujeres descansaban o vagaban casi desnudas. Iban de un extremo a otro de la pieza, bastante amplia. Se mojaban con gestos histéricos el cuello y la cabeza en una jofaina de porcelana. O se entretenían para distraer la calina, en charlas insulsas que duraban hasta la madrugada. Hablaban y hablaban con sus cuerpos desnudos, de carnes rosadas y abundantes, en plena dejadez, teniendo por testigo único a las estrellas.

En el desván, Amina descubre la muñeca. Esterica abre, sin querer, uno de los inmensos baúles, por el que asoman abultadas piezas y retales de tejidos, vestidos, sombreros, plumas, zapatos y guantes. Y hasta bisutería. No parecía sino esos arcones que según dicen suelen guardar los bergantines que en el siglo XVI quedaban encallados en las azules aguas de una legendaria isla del Pacífico. Sin odiosos piratas ni tuertos corsarios que intentaran aprovecharlos. Una especie de botín dormido en las caracolas del tiempo y los recuerdos. Recuerdos de un viejo carnaval o de una conversación que nunca llegó a terminarse.

Amina acaricia con absurdo respeto las mejillas de la muñeca, que impasible —muy alemana— recibe la muestra de afecto que la chiquilla le prodiga. Mientras tanto, Esterica se prueba ante un espejo de cristal polvoriento una toca de castorina. La tarde, cuajada de silencio, transcurre con una rapidez extraordinaria. Una rapidez muy ajena a las interminables horas junto al fogón o la larga mesa de madera en la que suelen colocarse las vituallas para su preparación. Y sobre todo, lejos de la terrible dictadura de Amalia.

* * *

De la ceremonia fúnebre vuelven a casa los íntimos. Aparecen en el fondo del jardín. Con los paraguas abiertos, porque otra vez ha empezado a llover. Aquella especie de cortejo lo encabeza la familia. Lidia, vestida de gris, apartada y solitaria. Isabel, cogida del brazo de Julio. Los padres, con el muchacho de los ojitos chinos, que lo mira todo con miedo. Nena Madison, ausente, elegantísima, con un traje de chaqueta negro entallado y un sombrero de amplias alas en cuya copa descansaban dos fatídicos pajarracos negros. Llevaba Nena Madison una camisa de corte masculino, cerrada al cuello por un lazo de terciopelo, destacando la mancha ovalada de un camafeo. Algunos se adelantaron y entraban en la casa por las puertas vidrieras. Lidia se detuvo junto a Nena:

—¿Por qué no te quedas? Tomarás una taza de té.

—No puedo, querida. Tengo a *Pamplemouse* malo. A las seis tienen que ponerle una inyección.

Pamplemouse era el caballo favorito de Nena. Se besaron. Y un criado acompañó a la amiga hasta la verja de hierro. Desde allí, desde la cocina, la vieron subir a un tílburi.

Consuelo, con su sombrero en la mano, entra diciendo:

—Bueno, a ver si os adecentáis un poquito, que se va a rezar el Rosario en la sala.

Las dos mujeres salen precedidas de Consuelo, que en el pasillo del primer piso se encuentra con Lidia.

—Doña Lucinda quiere que se rece en la sala el Santo Rosario.

—¿Ahora?

Consuelo hizo con la cabeza una señal afirmativa. Lidia encogió los labios:

—Ésa está loca. Pero eso no puede ser... —protestó.

—Es una costumbre española.

—Ya lo sé. Si yo no me opongo a esa costumbre, pero un Rosario ahora, con Leonard Stulmain que es judío, los Mac Cute protestantes, Hach Dussari musulmán y los Koolchand indios, me parece de lo más inoportuno. Vamos, la manera menos diplomática de decirles que se marchen. Mira, baja y le dices a ese idiota que espere a que hayamos tomado el té y quedemos los de casa. Y si no te atreves a hablarle, porque Lucinda con esos aires de vaca degollada ha infundido siempre mucho respeto, se lo dices a la señorita Isabel... Espera. Ven a mi cuarto. Ayúdame a cambiarme de vestido. Dentro de este gris me estoy ahogando.

En la alcoba de Lidia, la luz de la tarde comienza a hacer de las suyas. Lo llena todo de manchones azules.

—Toma. Guarda este collar en su sitio.

—¡Ay, señora! —grita de pronto Consuelo.

—¿Qué pasa?

—El joyero está vacío...

—Sí. Ya lo sé.

—¿Que lo sabe usted? ¡Ah, ya! Las ha cambiado de sitio porque no se fía. Ha seguido usted mi consejo. No es el sitio más apropiado para guardar las joyas esa cajita de palisandro.

—No, mujer. Nada de eso. Me las han robado.

—No.

—Sí.

Consuelo pone cara de no enterarse de nada.

—Se las ha llevado mi hijo Jaime. Me lo explica todo en esta carta. Y también un cheque en blanco que yo tenía firmado en ese talonario.

—Entonces... Por eso no ha venido al entierro.

—Por eso y porque se ha escapado con la hija de Amalia.

Consuelo se lleva las manos a la cabeza:

—¡Jesús, María y José! Entonces... La Amalia... Claro, no se le ha visto el plumero en toda la tarde.

—Cualquiera sabe dónde anda a estas horas...

—Pero la señora puede llamar al tabor... O al Consulado. Tiene que hacer algo.

Lidia sonríe impasible:

—¡No! Déjalos.

—Pero ¡eso es una locura!

—Estoy muy cansada. Me siento ya tan envejecida...

—En el pecado lleven su penitencia —les desea Consuelo.

—De esto ni una palabra a nadie, Consuelo. Y mucho menos a Julio. Si él lo supiera...

—Descuide. De veras que lo siento, señora.

—Más lo siento yo. Amalia era una estupenda cocinera.

1958

EMMA NO CONDUCÍA BIEN. Se ponía nerviosa y todo resultaba peor. Tenía mucha suerte. Siempre le perdonaban las multas.

—Espera un momento —le había dicho a Cristina—. Voy a ver si ha llegado *Le Monde*. ¿Tú quieres algo?

—Un paquetillo de Cravens y unos caramelos de menta.

Acababa de frenar junto a la acera. Frente a «Itálica». Pero lo había hecho mal pues era un día de esos en los que tocaba parar en la acera de enfrente. En cuanto entró en la tienda de revistas, apareció ante los cristales del coche la figura de un agente:

—*Excusez-moi, mademoiselle. C'est vous qui conduisez cette voiture?*

—*Non.*

—*Alors... Où est votre père?*

—*C'est une amie.*

—*Eh bien!*

—*Elle vient tuot-de-suite.*

Emma regresaba llena de paquetes. Y los periódicos debajo del brazo. Venía muy contenta.

—*Pardon, madame...*

—¿Qué hay, guapito?

Entonces el agente hablaba en español.

—Ha aparcado usted mal.

—¡Huy! ¡Pues es verdad! Tienes razón. Tengo un día horrible. De acuerdo. Cumple con tu deber.

—Por esta vez la perdono. Pero tenga cuidado.

Emma se ponía muy contenta.

—*Merci. Vous êtes bien gentil. Vous viendrez un jour chez-moi pour prendre un drink.*

El hombre la saludaba ceremoniosamente. Emma, sentada frente al volante, arrancaba, toda sonrisas.

—¡Hija! ¡Quién tuviera veinte años menos! Es monísimo.

Cristina se echaba a reír, divertida.

—Mira, ¿sabes una cosa? He encontrado el «Black & White» a 1.800. Es un saldo. ¿Qué te parece? También he comprado un tarro de sales perfumadas para el baño. Ten. Esto es para ti.

Era un número extraordinario del *Evening Saturday Post.*

—¿Y qué quieres que haga yo con esto? —preguntaba, intrigada, Cristina.

—Leerlo, querida. Leerlo. Trae una encuesta que se ha llevado a cabo en los Estados Unidos sobre los problemas sexuales y la juventud.

—¿Adónde me llevas?

—Vamos a casa de una inquilina recalcitrante. Hace dos meses que no me paga el alquiler.

Atravesaban el centro de la ciudad. Emma observaba con el rabillo del ojo los escaparates.

—No sé si he visto mal, pero me parece que «Monique» tiene un saldo.

—Has visto bien.

—Luego volveremos.

—¡Huy, mira, Madame Mignon tiene el escaparate lleno de *nougats*! Luego volveremos.

—Yo quisiera estar en casa antes de la una. Consuelo se pone furiosa.

—Pero ¡si son las once!

Entraban en una callejuela silenciosa y estrecha:

—Por aquí tengo yo alquilada una villa. Justamente al volver esta esquina. Y en ella vive una inquilina recalcitrante.

Entraron en otra callejuela más estrecha, rodeada de altos muros, por los que trepaban jazmines y madreselvas. También había buganvillas, como en todas las calles de la ciudad. Era aquello una especie de recinto encerrado que tenía cierta gracia. En una villa con estilo «principios de siglo» —ventanas pintadas de azul y un jardín en el que todo era césped— alguien tocaba al piano un estribillo de *L'Opéra de Quat'Sous*.

—¿Es aquí?

—No. Es más moderna.

—¡Qué lástima!

—¿Por qué?

—Era bonito.

Se oyó una voz gritar:

—*Etienne, descends! Le déjeuner est prêt.*

El piano dejó de tocar. Y a Cristina le entró una hambre inmensa. Se imaginaba a una chiquilla rubia, bajando la escalera, dispuesta a devorar una mesa preparada en el jardín, cerca de la mancha de sol, bajo un olmo; una mesa con mantel a cuadros rojos y blancos, como un «babi» que ella había llevado de pequeña al colegio. Con unos platos de porcelana barata decorada, en la que descansaban una jarra de cristal rebosante de vino rojo, una fuente de queso, una cabeza de jabalí, botes de confitura de miel, de castañas asadas, un pato guisado con naranjas, mucho pan, recién salido del horno, humeante. Y té con yerbabuena.

—Emma...

—¿Qué?

Emma la miró y se echó a reír.

—Pero ¿qué te pasa? —preguntó.

Cristina respondió:

—No lo sé. Tengo hambre.

—Ya hemos llegado —anunció Emma.

* * *

Le Petit Ami des Oiseaux. «El amiguito de los Pájaros». *Des Kleine Vogel Freund. Il piccolo amico degli ucelli. Domestic pets. L'été,* «*Verano*», *Summer, Estate.*

—¿Te gustan?

—No. Pero me chocan.

Eran cromos. Viejos cromos. Cristina paseó una mirada por la habitación. Era el vestíbulo. Con un arranque de escalera frente a la puerta de entrada, con un barandal de mampostería. Las paredes habían sido pintadas de aceite en color verde guisante. No era espacioso. El suelo era de ladrillos blancos y negros. Brillaba de puro limpio. La luz entraba por la puerta de entrada, que era de cristales esmerilados. No había apenas muebles. Una mesita, especie de consola sin estilo definido. Un espejo «veneciano» y dos sillones de mimbre con cojines de cretona estampada (flores). Sobre la mesa, un búcaro de pésimo gusto, abarrotado de claveles. Y en la pared los dos cromos enmarcados en sencilla madera, sin cristal. Tal como Cristina los había visto en casa de su costurera.

—Éstos son más antiguos... Y tienen cierta gracia —explicó Emma.

—Consuelo tiene en su cuarto el Sagrado Corazón y la Virgen del Carmen. Y Pilar, dos mujeres vestidas de organdí a la moda de hace treinta años, con sombrillas japonesas y en un jardín lleno de pavos reales.

Había una puerta cerca de la consola. Era una puerta en forma de arco de medio punto. Y por allí apareció la criada que les había abierto la puerta.

—Dice la señora que pase usted al comedor. Que quiere enseñarle las manchas de humedad que han salido en el techo. Y no hace un mes que se gastó un dineral en pintar toda la casa.

—Ven conmigo, Cristina.

—No. Yo te espero aquí.

—Como quieras.

—Se oía jugar a unos niños en la callejuela. La sombra de la buganvilla dibujaba en el cristal de la puerta una mancha opaca de color violeta.

—Ahora te toca a ti, Juanito.

—Yo no juego con Antoñito. Antoñito hace trampas.

—¡Niña, que te llama mamá! Que tienes que ir por el vino y un paquete de azafrán.

—Yo no voy. Hoy no me toca a mí.

—¡Mentirosa!

—Mentiroso tú. Yo fui ayer por el vino. Y también fui por un manojo de verdura. Y a la mercería por una bobina y los botones para el abrigo de Angelita.

—Y yo te di mis tres postales y la bola de colores. A ver si no te acuerdas ya.

—Bueno, Ernesto. ¿Vienes o no?

—¡Niña, que me estoy cabreando!

A la niña se la oyó echar a correr. El niño debía de andar despacio, con las manos metidas en los bolsillos del pantalón. Silbando «Bambino». Luego se fueron todos y empezó a ladrar un perro.

De la puerta que había cerca de la consola, en arco de medio punto, abierta, llegaban las voces de Emma y de la inquilina. Parecía como si hubieran cambiado de habitación y estuvieran en otra más próxima.

—Pues tú estás muy bien —decía Emma.

—¡No me digas! —exclamó la inquilina.

—Ese peinado te favorece mucho.

—La hija de mi cocinera que es un prodigio.

—¿Qué vida haces?

—Ninguna. ¿Quieres un *whisky*?

—Es muy temprano.

—Desde las nueve estoy bebiendo.

—Mujer, eso no es bueno.

—Tengo días. Tu tampoco has cambiado nada. ¿Cómo haces para estar tan delgada?

—Como muchísimo.

—Yo no pruebo bocado y fíjate qué caderas.

—Claro. No probarás bocado, pero si te echas al coleto una botella de *whisky* en una mañana...

—Mujer... Es que a veces se levanta una tan deprimida. Con unas tristezas... Y unas ideas más negras...

—Eso es el hígado. ¿No has ido a un médico?

—¡Toca madera!

—Bueno, ya quisiera yo tener esas caderas. Los hombres dirán lo que quieran, pero a la hora de la verdad las prefieren rellenitas.

—Yo no pienso en eso.

—¿No vas a ninguna parte? ¿No sales?

—No. Leo mucho. Lo leo todo. Periódicos, revistas, novelas...

—¿Y amigas no tienes?

—Ni las quiero. No quiero a nadie.

—Haces bien. Pero sola, sola, tienes que aburrirte.

—Pues, hija, no me aburro. Ya me enteré por el periódico que murió la hija de Lola Quijano.

—Sí, la pobre.

—Como no visito, le he mandado una esquela por correo. Hace años que no la veo.

—Yo no he sido nunca muy amiga de ella. Aunque no me es antipática. De quien fue en un tiempo muy amiga fue de tu cuñada.

—¿Cómo está Lola? ¿Tú has ido a verla?

—Sí, claro. Lola es muy fría. Se marcha a fines de mes a Londres con una prima.

—¿Y el amigo?

—¿Qué amigo? La vida de Lola es un misterio. Hace muchos años que dejó a Elías, y ahora, cuando ha vuelto esta segunda vez no se ha visto con nadie. De todos modos, ella sigue viviendo con el mismo tren.

—Hace bien.

—Quien no debe de andar buena, es tu cuñada. Se la ha llevado el marido a Madrid.

Cristina sintió una ligera punzada.

—Yo no quiero saber nada de esa gente.

—Pues conmigo ha venido tu sobrina. Ahí fuera la he dejado. Claro que ella no sabe quién eres tú. Yo le dije que pasara conmigo, pero no quiso. ¿No quieres verla?

—No. Tienes unas cosas...

—Lo siento. Después de todo, la chiquilla no tiene culpa de nada.

—Basta que sea hija de quien es...

—Mujer, el tiempo lo perdona todo.

—El tiempo puede ser. Yo no. No tengo esa grandeza de alma. Cuando enviudé y me vine aquí fui a ver a mi cuñado a la oficina. Y me echó con cajas destempladas. Me insultó delante de todos sus empleados. Me llamó de todo. Pero Dios es grande... Y Gracias a Dios he sabido defenderme. Toma una de estas galletas. Tienen queso por dentro. Están muy ricas.

—No, gracias. Prefiero las aceitunas.

—¿A quién se parece?

—A la abuela.

—Aquel bicho...

—Lidia no era mala.

—Regular nada más. Ahora que, con ella viva, yo me hubiera entendido. Teníamos las dos el mismo temple.

—En cambio, tu cuñada es un hueso.

—Un hueso inroíble.

—Julio ya no es tan malo, digas lo que digas.

—Pero es un cabrito que hace lo que ella quiere. ¿Y es buena la chica?

—Yo la encuentro estupenda. Ya conoces a la gente joven.

—No. No sé cómo son los jóvenes de ahora. Ni los de antes. Yo nunca he sido joven. ¿Te marchas ya?

Emma se había puesto de pie.

—Sí. Es muy tarde. Y además no quiero hacer esperar a Cristina.

—Mándame mañana a tu hijo. Le daré un cheque. Debe de estar hecho un hombrón. ¿Tiene novia?

—No. Es muy huraño.

—Hace bien. Cada uno es como es. Ven, que te voy a enseñar el jardín, mujer. Es lo mejorcito de la casa.

Cristina quiso adivinar el jardín. Debía de estar a la espalda del edificio. A la inquilina se la oyó reír. Soltar una carcajada caliente, sonora, prolongada. No sintió hacia ella rencor alguno. Lo único que no le perdonaba era que le hubiera quitado el apetito.

—Ni hablar. Odio los pisos. Odio tener vecinos. Bueno, no te olvides, ¿eh?

—Ahora mismo voy a preguntar cuál es ese producto que absorbe la humedad.

Se oyó un portazo. Luego apareció Emma.

—Lo siento, querida. ¿Te he hecho esperar mucho?

—Un poquito.

—Ven. Vamos a sentarnos en la terraza de un café y nos tomaremos un aperitivo.

—No. Ya es muy tarde, Emma.

—Mujer, ¿no tenías tanta hambre?

—Ya no.

—¡Ay, esta gente joven qué rarita es!

Antes de subir al coche, Cristina se volvió para ver la casa. En la callejuela no había nadie. La buganvilla tenía un color distinto.

1956

HABÍA PASADO unas vacaciones horribles. Larguísimas. Interminables. Aburridas. Sin bajar una sola vez a la playa. Llenando las horas con toda clase de lecturas. Y abudantes espacios en los que se dedicaba a llorar. Intentando entablar un diálogo con una madre en la que todo diálogo que no fuera insulso era rechazado por una extensa cadena de monosílabos. Sólo el momento en que Julio, el padre, le dedicaba una media hora al volver de la oficina, y a veces, en particular los días festivos, cuando salía con él a dar un paseo en coche por el campo, renacía en ella una especie de olvidado optimismo y esperaba que de un momento a otro ocurriera lo imposible.

—¿Conoces a la nueva amiga de tu madre?

Cristina, que de pie, inclinada sobre la chimenea, lee absorta *Huracán en Jamaica,* contesta:

—No.

—Se llama Daisy Randall.

Julio, que estaba sentado terminando un crucigrama, se pone de pie:

—¿No quieres más *whisky*?

—No.

Isabel ha ido a Misa. Es domingo. Finales de agosto. El sol juega con los gatos en la terraza. Pero dentro, en la sala, con las persianas sin entornar, la temperatura es casi agradable.

—¿Sales?

—Sí, nena. Almuerzo fuera.

Julio se va. Al pasar junto a su hija le da una palmadita en la mejilla. Dos gatos que están haciendo de las suyas a pleno sol se esconden muy formalitos en el arriate de geranios. Al cabo de un rato de andar enfrascada en la lectura, Cristina siente la verja del jardín. Y voces que se acercan. Huye escalera arriba, hacia su alcoba.

Allí se tiende en la cama y con el índice de la mano derecha traza sobre la colcha, con invisibles rasgos, las palabras «Aburrimiento asqueroso».

Se levanta. Abre un armario. Todo en orden. Lo cierra. No hay nada que hacer. Se mira al espejo. El espejo está encima de una cómoda. Se lleva las manos a las sienes y pone los ojos oblicuos. Luego, como los boxeadores que van al fotógrafo, adopta una postura de autodefensa.

«Si fuera un chico sería boxeador y le partía la cara al primer idiota que apareciera por esa puerta.»

«El primer idiota» que aparece por aquella puerta es Isabel, que se queda perpleja mirándola:

—Pero ¡Cristina! ¿Qué haces, hija?

Cristina adopta una actitud de niña cogida en falta.

—¡Anda, arréglate un poco! Tenemos invitada. Es una amiga que quiere conocerte.

La muchacha no se siente con fuerzas para decir que no.

—Los bancos de coral están infestados de tiburones —dice.

La madre la observa:

—Estás loca. Yo te espero abajo.

Cristina busca en el armario el peor vestido. Uno de popelina verde, que tiene dos años, que ya le está corto. Luego busca por los cuatro rincones de la alcoba el par de zapatos más usados. Son unas zapatillas de gamuza blanca. La piel del pie izquierdo luce en la punta una ostentosa mancha de helado de café. De refilón, al pasar por el espejo de la cómoda, se alisa el cabello con un cepillo. Y silbando, porque está de pésimo humor, baja la escalera.

Es uno de esos días en los que a Isabel le da por levantarse temprano, salir al jardín y luego llenar de flores todo el vestíbulo y la sala. En la sala todo es luz. Las mujeres están en la terraza. Cuando Cristina se acerca al grupo que forman las dos, su madre y la nueva amiga, oye que Isabel lanza a media voz:

—¡Qué facha!

Y ella se siente satisfecha.

—Mira, Daisy, ésta es Cristina.

Cristina observa admirada a la nueva amiga de su madre. Ni siquiera oye las palabras que vienen después.

Daisy lleva un sombrero en forma de campana, todo cubierto de margaritas blancas. Tiene el cabello cano. Se parece a Mahalia Jackson. Daisy es negra. Cristina comprende entonces el significado de la pregunta que aquella mañana le había hecho su padre («¿Conoces a la nueva amiga de tu madre? Se llama Daisy Randall.») La muchacha mira entonces a su madre sin poder disimular una curiosidad que contiene no poco de ternura.

Daisy tiene una voz deliciosa. Habla a ratos en francés, a ratos en español. Y habla de su colección de pájaros. De su casa de Funchal, de Puerto Príncipe, en donde había nacido, de la intención de comprar una villa en la ciudad, y también habla de Dios, pero con mucha naturalidad y de una forma muy distinta a como lo hace Isabel. Sin ningún tremendismo. Sin ningún sentimiento trágico. Sin decir para nada «en la hora de la muerte» como acostumbra a decir Isabel cada vez que en una conversación se habla del Creador. Habla de unas Navidades en Haití, allá en su ciudad natal, cuando ella era niña. Y hace un relato prodigioso de inteligencia y al mismo tiempo de candidez sobre el Nacimiento de Cristo. A Cristina aquel rostro chupado, oscuro, y misterioso, escondido dentro de una campana florida, la vuelve loca. Se le pasa la mañana en seguida. Durante el almuerzo, Daisy prepara una ensaladilla de ananás con marrasquino «y un montón de cuentos» que ensimismaron a Cristina en el alejado mundo de su infancia. Y a todo esto, Daisy no deja de fumar, y de dar con los tacones de sus zapatos en el suelo mientras tararea con aire de *jazz* unos versículos del Antiguo Testamento. Isabel, no se sabe por qué motivo, no pone en ningún momento su tradicional gesto hosco.

—Daisy ha venido desde Funchal para asistir a la boda de su sobrino...

—Un sobrino que no es sobrino —aclara Daisy.

—Freddy Neumann. El hijo de Berta Muriel. Hijo de su segundo matrimonio con Neumann. Muerto en Alemania durante la guerra. El primer marido de Berta fue un hermano de Daisy.

Cristina no sabe qué decir. Ya está Isabel colocando barreras con su charloteo inútil.

—¿Se casa Freddy? Pero ¿no estaba en Lisboa? —pregunta Cristina, sin ganas, llena de cansancio. Sabe que hay que seguir las reglas del juego.

—Sí. Pero se casan aquí porque así lo ha querido Berta.

—Daisy, ¿cómo es posible que esa mujer haya estado casada con un hermano tuyo? Es una racista. Una intolerante.

—Los Randall somos católicos, hija. Y todos somos hijos de Dios.

—Pero Berta no piensa así, Daisy. Ni ella ni mucha gente como ella. Para Berta ni siquiera los pobres son hijos de Dios. Los pobres españoles, o los pobres italianos, o alemanes como su segundo marido. Son sencillamente unos parias que viven en pecado mortal y que no hacen nada por redimirse. Son unos desgraciados a los que hay que tener en cuarentena antes de intentar cualquier caritativa aproximación. Tienen que estar sucios, tener toda clase de enfermedades, vicios... Y vivir en verdaderas covachas. Tienen que pasar hambre de verdad. Hambre que se vea. Hambre aparente. Ir vestidos de sacos. Ser demacrados. Y creer en Dios. Rezar en voz alta, a gritos, un millón de padrenuestros, ir a Misa todos los domingos, aunque sea arrastrándose de hambre, y darse con vigor mil golpes de pecho, hasta que se le salgan las entrañas por la boca. Y entonces, cuando son verdaderos Cristos agonizantes, y crucificados, Berta y sus amigas, y mucha gente como Berta, deciden entregar a la familia un billete de cien pesetas. O regalarles un paquete de arroz y un bote de leche condensada. A eso Berta y su cuadrilla le llaman caridad.

—Berta y su cuadrilla —repite Isabel asombrada (nunca había visto a Cristina tan exaltada)—. Yo soy uno de los componentes de esa cuadrilla, Daisy. ¿No es eso, Cristina?

—Sí, Daisy. Mi madre es una mujer que todavía no comprende muchas cosas. No comprende que no es fácil llegar a Dios. Mi madre es una mujer primitiva. Una mujer que, cuando no entiende una cosa, se limita a no perdonarla. Porque le resulta más cómodo. En una palabra: una insoportable burguesa.

—No le hagas caso, Daisy. Además, Cristina, entre tú y yo habíamos llegado a una especie de *entente cordiale* y habíamos decidido no discutir. ¿No es eso? Me parece muy poco correcto que delante de una amiga mía te permitas emitir un juicio contra mí o contra mis amistades. También Daisy puede pertenecer muy bien a la cuadrilla de Berta.

Daisy interviene pacificadora y hace cambiar de tema a madre e hija.

Cristina se convence una vez más de que un acercamiento a su madre es cosa imposible. Isabel se limita a pensar en que le ha nacido una hija rara. Daisy pone fin a la discusión sentenciando:

—Tu hija es una inquieta.

—¿Una inquieta? Si sólo piensa en leer porquerías. Y en pasarse todo el tiempo escondida, huyendo de la gente... Cualquier muchacha de su edad ya estaría pensando en el matrimonio. Y ella todavía no ha terminado sus estudios... Perdió el tiempo... Y lo sigue perdiendo. Eso es lo que sabe.

—Tienes unas enredaderas muy bonitas —vuelve a intervenir Daisy.

—Sí. Ya le he dicho al jardinero que corte una gran brazada. El chófer vendrá a recogerlas para llevarlas a la iglesia.

—Berta te quiere mucho.

—Somos muy buenas amigas.

Cristina fuma un cigarrillo que le ha ofrecido Daisy. Isabel lo rechaza. La hora del té llega en seguida. Y al final cae la tarde de pronto y Daisy tiene que marcharse. Como Julio no ha vuelto, tienen que pedir un taxi.

—Ya se siente el otoño... —murmura Isabel arrebujándose, como siempre, en no se sabe qué imaginarios chales.

Cuando llega el taxi, madre e hija acompañan a la invitada hasta la misma verja.

—Cristina, tenemos que pasar una tarde juntas. Ya nos veremos en la boda.

Cuando el taxi arranca, Isabel, por primera vez en su vida, agarra del brazo a Cristina.

—Has estado bastante grosera.

—Lo siento, mamá. De veras que lo siento. Tu amiga es estupenda.

—Ya sabía yo que a ti te iba a gustar. Yo la encuentro un poco rara. Pero claro, pobrecilla, tiene una mentalidad distinta.

—No se parece en nada al resto de tus amistades.

—¡Claro! Como que es riquísima. No se sabe el dinero que tiene. No te puedes hacer idea de la cantidad de collares de perlas cultivadas que hemos comprado juntas para regalárselos a sus amigas de Funchal.

Cristina frunce los labios. Quiere decir algo, pero un gato de pocas semanas que la gata romana ha dejado olvidado bajo las glicinas, la distrae, y ella acude en su auxilio. El animalucho maúlla buscando a su madre.

Isabel piensa: «Cualquier animalito tiene unos instintos filiales mucho más desarrollados que los de mi hija», y refugiándose en la sala comienza a cerrar persianas.

En el jardín queda sólo la voz de Cristina llamando a *Escarlata,* para que acuda pronto a ocuparse de su hijo. El manchón circular y anaranjado de la luna asoma ya por detrás de una bruma, con ganas de mirarse en el mar.

* * *

Cristina no fue a la boda. Por esa maldita costumbre suya de andar descalza. La víspera ya tenía un poco de fiebre. Al día siguiente no había quien la moviera de la cama.

—Eres de una oportunidad... —se quejó Isabel—. ¿Qué va a pensar Daisy?

Y bajó en seguida a telefonear. A llenar el auricular de estúpidas disculpas.

Aquella tarde, Daisy le mandó al chófer con un trozo de pastel de boda y unos alfileres del vestido de novia.

Luego, ya casi de noche, se oía a Isabel en el vestíbulo comentando con Julio los incidentes de la boda. Las puertas de la sala debían de estar abiertas. La de la alcoba de Cristina se hallaba a medio entornar «para que la oyeran abajo cuando pedía algo».

—Lo que es tener dinero, Julio...

El marido la oía como el que oye llover. Debía de estar enfrascado en la lectura de algún periódico.

—Ya le he soltado algunas indirectas cuando varias veces me ha preguntado qué tal te iban los negocios. No vayas a creer. Ella me ha hablado algo de unas acciones... Que tenía que consultar contigo sobre ese particular. Creo que intenta emplear una parte de su dinero en la adquisición de acciones, y desea que tú la aconsejes.

—Dile que compre las de «Cardovan y Compañía» —rió Julio—. Se las vendo todas.

En aquel momento se oyó el teléfono, y el taconeo de Isabel que por lo visto con el entusiasmo de la boda, no había tenido tiempo de quitarse los zapatos y pedir las zapatillas, cosa que había hecho siempre.

Cristina, medio aletargada, se había dejado arrastrar por el charloteo de su madre, que llegaba hasta allí medio tamizado por la curva de la escalera.

La voz de Isabel había sido siempre bastante estridente. Eso sí, hablaba pronunciando bien las palabras, con toda seguridad, con el convencimiento de que no se había de perder una sola sílaba.

—Es Daisy. Preguntando cómo sigue Cristina. Hay que ver el cariño que le ha tomado a nuestra hija. No lo entiendo, porque sólo la ha visto una vez. Y tu hija, Julio, tiene un carácter... ¡Qué error más grande haberla mandado a ese colegio de herejes! Cuantas veces intenté darle una educación religiosa como la que yo había recibido de mis padres, fracasé rotundamente. En eso tienes tú parte de culpa...

—¡Cómo no! —gruñó Julio.

—¡Claro, hombre! Si encima que va a ese dichoso colegio, tú le permites toda clase de libertades. La niña puede beber *whisky*. La niña puede fumar. La niña puede leerlo todo.

—Claro. Por eso casi no fuma. Por eso no busca a escondidas libros que pueden hacerle un daño puramente mental...

—Está bien, Julio. Tienes razón. No vayamos a discutir ahora. Dice Daisy que en cuanto Cristina se ponga buena se la lleva a pasar unos días al hotel. Quiere que le enseñe bien la ciudad, porque su cuñada, con eso de la boda...

Cristina oculta la cabeza debajo de la almohada. Le basta con el convencimiento de que hay alguien en este mundo que pretende liberarla de su «monstruosa soledad».

* * *

Cristina pasó con Daisy los diez mejores días de sus tres largos meses de vacaciones. Iban juntas a todas partes. Hablaban con frecuencia en inglés, y en los bazares la tomaban a ella también por una turista. Pero en cuanto la muchacha confesaba que había nacido en la ciudad y que era hija de Julio Cardovan, cualquier objeto que entusiasmara a la forastera —por ejemplo una tetera de cobre— quedaba reducido a una quinta parte del precio que en un principio estipulara el vendedor, y aquella especie de milagro entusiasmaba a la negra, que no paraba de comprar cacharros inútiles con tal de ver el descenso que la confesión de Cristina producía en una cotización que a ella en realidad no le parecía elevada. Pero que así terminaba por convertirse en verdadera ganga.

Vivían en el Minzah. A la hora del aperitivo, Cristina llamaba a su casa.

—Estoy muy bien, mamá. Daisy es formidable. Nos divertimos con cualquier cosa. Tiene mucho sentido del humor.

Al otro lado de la línea, la voz estridente de Isabel preguntaba:

—¿Y no te ha regalado nada todavía?

A ella le entraban ganas de colgar.

—Saludos de Daisy, mamá.

Y colgaba furiosa.

Por las noches cenaban en el patio del hotel, en el que reinaba una temperatura agradable. En cuanto se alzaba la vista tropezaban con un cielo cuajado de estrellas.

—Esta tarde, mientras tú echabas la siesta, me acerqué a Cook para retirar mi pasaje. Saldré a fines de semana en un barco de la Compañía Paquet. No puedo dejar por más tiempo mi casa abandonada. —Daisy había tomado entre sus manos las manos de Cristina—: Eso sí. El próximo verano te vienes conmigo...

Cristina se deja un helado a medio consumir.

—¿Tan pronto?

Daisy ríe:

—Eres una chiquilla muy particular. ¿Cómo es posible que no te aburras conmigo?

—Porque tú no eres aburrida, Daisy. Si mi madre fuera como tú...

—Tu madre es una señora muy distraída. No deja de hablar un solo momento...

—Por eso.

—Bueno. Ya se lo he dicho a Berta. La he dejado hecha un mar de lágrimas. Detesto las despedidas.

Daisy se pone de pie, abandona la mesa y atraviesa el patio. Cristina, al quedarse sola, enciende un cigarrillo.

* * *

La idea de volver al colegio es algo que la aterroriza. Sólo faltan quince días para que empiecen las clases. Está sentada en la sala, forrando un libro de texto, no lejos de su madre.

—Mira que Daisy marcharse de esa manera... No nos ha dado tiempo ni siquiera de invitarla a almorzar... Después de todo, lo que es con nosotros se ha portado del modo más grosero... Yo, que esperaba con toda ilusión mi correspondiente collar de perlas cultivadas...

Cristina no hace ningún comentario. Suena el teléfono.

—Ve a ver quién es, Cristina. Tengo un dolor en las piernas... No vaya a ser algún inoportuno.

Cristina tarda en volver. Isabel aguza el oído, pero hasta ella no llega con claridad la voz de Cristina, porque previamente la muchacha ha cerrado la puerta del vestíbulo que comunica con la sala.

—Será algún hereje de ese dichoso liceo —murmura Isabel.

Cristina, al cabo de un rato, vuelve radiante.

—¿Quién era?

—Lola Quijano.

Isabel da un respingo.

—¿Eh?

—Sí. Hace un mes que ha vuelto de Rabat. Ha estado muy ocupada arreglando su piso. Quiere que la acompañe yo mañana al aeropuerto para recibir a Alicia, que llega de Londres. Quiere también que papá la recomiende a Monsieur Durand, el director del liceo, para que admitan a su hija este curso.

—Otra vez...

—Quiere saludarte.

—¿Le has dicho que estaba en casa?

—Claro...

—Cristina... En fin. Esto es una prueba. No puede ser otra cosa. Es evidente. Sabes que... —pero no termina la frase. Se levanta y acude al teléfono.

Cristina es feliz. Muy feliz. Sólo recuerda de Alicia su trepidante cabellera, sus dotes de improvisación, su iniciativa, su portentosa imaginación, y se siente tremendamente dichosa.

Isabel vuelve hecha ciscos:

—No ha cambiado nada. Debe de tener dinero. Me ha estado hablando de su piso. Pero ten cuidado, Cristina. Ahora ya no eres una niña. Lola no es una mujer muy recomendable. ¿Sabes? No está casada. No creo que lo esté. Y esa hija... Sabe Dios lo que habrá estado haciendo en Londres. Cada vez que pienso que no se sabe quién es el padre... Ten cuidado, Cristina. Yo no pienso invitarlas. Ya lo sabes. Ni tampoco ir por su casa. En eso cada vez me vuelvo más estricta. Si no, ¿adónde iríamos a parar? Si no fuera porque a veces en la junta necesitamos dinero... Y esa clase de gente es la que pretende comprar una honra a fuerza de donativos. Ten cuidado.

Luego, mirando a su hija, casi atemorizada, añade:

—¡Claro, ya sé yo que tú harás lo que te dé la gana! Presiento que la llegada de Lola y su hija no nos va a traer más que quebraderos de cabeza. Menudo pájaro pinto es la tal Lola...

Cristina entorna los ojos. Cristina canturrea. Piensa en la próxima llegada de Alicia. Su amiga Alicia. Alguien con quien compartir los recuerdos del ya borroso mundo de su infancia.

* * *

Cuando Julio llega por la tarde, Isabel ya está esperándolo, de pie, apoyada en la balaustrada.

—Julio...

—¿Qué hay, guapa? —El marido hace un conato caricia, que Isabel rechaza con gesto escueto.

—¿Sabes quién está aquí?

—Ahora me lo dirás. Deja que me refresque un poco. Vamos a la sala, querida. Lo primero que voy a hacer es servirme un *whisky*...

El chófer viene poco después, portador de un paquete.

—¿Qué es eso?

—No sé. Lo han mandado del hotel Minzah para Cristina. Creo que es un encargo que dejó la millonaria negra para la nena.

Isabel se entusiasma:

—Ya decía yo... No era posible que Daisy se olvidara de nuestra gentileza.

Julio mira a su mujer con ojos de mucha risa.

—¡Cristina! —llama Isabel.

Pero Cristina debe de andar entretenida con alguna cuadrilla de gatos, porque nadie responde.

—¡Qué niña ésta! ¿Dónde estará?

Isabel atraviesa la sala, y sigue escalera arriba en busca de su hija. Julio ha entrado por la puerta de la cocina y regresa a la sala con una botella de *whisky*, un vaso y un cubo de hielo. Con gesto de un lánguido automatismo, pone la radio. Luego enciende un cigarrillo. Poco después regresa Isabel. Viene consternada.

—No la encuentro, Julio. Es desesperante.

—Mujer... Ya vendrá...

—Pero ¿dónde se mete?

—Ya sabes como es.

—Tendremos que abrirlo. ¿Qué será?

—No, Isabel. Ahí lo dice bien claro. «Para Cristina.»

—Esta hija mía va a volverme loca.

La radio lanza una musiquilla dulce, llena de cansancio, como si las notas tuvieran calor.

—Apaga eso. Me duele la cabeza.

En esto aparece Cristina. Viene del jardín. Trae toda la falda mojada. Y entra descalza.

—¿Otra vez, Cristina?

—¿Dónde has estado, nena?

—¡Hola, papá! Vengo de la alberca...

—Bueno. No entres. No me manches la alfombra.

—¿Y a quién se le ocurre tener la alfombra puesta todo el verano? —protesta Cristina.

—Mira, calla. Que eres una versión barata de «La ninfa constante»...

—Dame un *whisky*, papá.

—No, Julio.

—Déjala. El *whisky* es una bebida higiénica.

—Así estás tú.

—¿Qué es eso?

—Un regalo de Daisy, para ti.

—Bueno. Luego lo subiré a mi cuarto.

—Pero ¿no lo abres?

—¿Para qué?

Isabel palidece primero, luego se pone roja:

—Cristina, lo dices para exasperarme... ¿No es eso?

—Sí, mamá. Es eso. La curiosidad es un pecado...

—Cristina...

—¿Lo abro? —suplica Isabel.

—Bueno...

Cristina se ha sentado en el diván con su vaso de *whisky,* y contempla con entusiasmo la avidez de su madre desempaquetando el obsequio de Daisy. Hay un preludio compuesto por los diferentes tonos que producen el ruido de diversos papeles desenrollados. Luego aparece desnuda una caja de cartón de fondo azul salpicada de florecillas grises.

—Mira...

Es una jaula dorada con tres pájaros disecados. Cristina recuerda haber acompañado a Daisy una tarde a una de esas tiendas de objetos de arte y haber sentido un escondido entusiasmo por aquellos ruiseñores deliciosos —pero de pacotilla—, que gracias a una pequeña llavecita lanzaban los más portentosos trinos.

—Y un sobre... Ten. Es para ti también.

Cristina lo abre.

—¿Qué es?

—Un cheque. Para que me compre cosas. Lo que quiera.

—¿De cuánto? —pregunta Isabel.

Julio vuelve a encender la radio después de mirar a su hija. «Bambino.»

—Doscientos cincuenta dólares...

—Cristina... ¿No hay nada para mí?

—No, mamá.

—Mañana lo ingresas en tu cuenta, nena. No intentes entregárselo a tu madre. Nos volvería a tapizar toda la sala. O quién sabe... A lo mejor lo entregaba como donativo a su famosa junta.

—¡Julio!

Cristina no durmió nada. Se pasó toda la noche dando vueltas. De vez en cuando daba un salto de la cama y se acercaba a la jaula de los ruiseñores disecados. Les daba cuerda y aquellos bichitos comenzaban a cantar. Ella entornaba los ojos. Y el mundo se convertía en algo distinto.

* * *

Lola Quijano tiene una casa fabulosa. Lola Quijano no entiende nada de muebles. Ni de estilos. Tiene buen gusto sin querer. Se deja guiar por los decoradores y los mueblistas que en aquellos años, los años del *boum*, infectan la ciudad. Pero en cuanto ella siente el menor desgarro, la menor estridencia, el menor loqueo, lanza la voz de alarma. Eso es todo. En Lola Quijano todo es instintivo.

—No, Armand, esos rasos no. Y en capitoné mucho menos. Va a parecer el vestíbulo una comedia de Feydeau. Bastante tiene una con lo que tiene. Yo quiero el raso, de acuerdo. Pero listado. Listas rojas y blancas. Éste, por ejemplo.

Armand, a quien como es de esperar le gustan los hombres, frunce el labio inferior, se siente ligeramente defraudado, pero nunca niega el buen gusto de Lola. Para él, Lola es un hombre.

Y el vestíbulo, estilo «Imperio», con todas las patas de los muebles de «uñas» termina siendo una obra maestra. Lola, que a veces se propasa, lo convierte en una epidemia de jarrones de lirios.

El comedor lo ha copiado Lola de un *House & Garden* del año 35, y parece el decorado de una película de la Metro. La sillería tapizada de cuero *beige*, la mesa de buena madera, alargada y brillante; las cortinas de pana color de castaña asada. Algunos originales de Tapiró, Abascal y Regnault, comprados cuando la quiebra de Isaías Salomón, el importador de té de China. Y los jarrones de Rosenthal abarrotados de mimosas. El suelo sabiamente cubierto de moqueta. Y un «Philco» que no desentonaba con el resto del mobiliario, colocado cerca de la ventana. Quedaba el paisaje, visto a través de un ventanal alargado, cargado de colinas, de minúsculos edificios, de cintas blancas de muchas carreteras. Lola podía ser todo lo que se quisiera. Lo era todo. Menos vulgar. Lola hechizaba. Tenía gancho. Y sabía de la gente más que nadie. En cuanto los miraba, los catalogaba. Sin equivocarse. Lola se vestía «Chez Monique», una famosa lesbiana de París que vino a la ciudad por la amistad que la unía al brigadier Rousillon, uno de los personajes más odiosos de la policía internacional. Monique, que se apellidaba

Printemps y parecía el vivo retrato de Ivonne Printemps, raptó a la hija de su cocinera, una niña de Cartagena que con el tiempo llegaría a ser modelo, una famosa modelo de Castillo-Lanvin.

Cristina llega a casa de Lola una hora antes de lo previsto. Lola al verla se vuelve loca de alegría.

—Pero, chiquilla, parece mentira... —le dice besándola en ambas mejillas. Luego coloca sus manos sobre los hombros de la muchacha y se aparta para contemplarla mejor.

—Si estás altísima. ¡Y qué interesante! Tienes cara de atormentada...

Cristina termina por echarse a reír. Ella encuentra a Lola elegantísima.

—Cuando Alicia te vea... Bueno, siéntate. Ven. Pasa a esta habitación. Yo voy a echarme una capa de polvos y en seguida estoy contigo. No juzgues ni critiques, que todo anda manga por hombro. Si supieras lo difícil que es bregar con carpinteros y con pintores... Y eso que a mí los hombres... ¿Cómo va tu madre? Ya sé que no soy santo de su devoción. Pero, mujer, no me mires así. Si parece que estás asustada...

—No. No es eso. Hace tanto tiempo que no te veo...

—Claro... Como que eras una ranita. Y más tímida... ¿Sigues igual?

—Pues sí. Puede que no sea tan tímida... Pero huraña...

—¡Claro! Si es muy difícil cambiar. No se cambia

así como así. El carácter nos dura toda la vida, digan lo que digan.

—El avión llega a las cinco.

—Ya lo sé, criatura. Y son las cuatro menos veinte. Con el auto nos plantamos en el aeropuerto en un santiamén. ¡Qué calor! Oye, ¿digo en la cocina que te preparen un té helado con unas gotas de coñac del bueno?

A Cristina la palabra «té helado» casi la subyuga. En aquella casa, a pesar de que las persianas de aquella habitación están entornadas, el calor es irritante.

—Sí. Hace un calor horrible. Parece como si el verano fuera a comenzar otra vez.

—Es el verano de San Martín. Este calor es de lluvia.

—Hablé con papá para lo del colegio. No le importa nada hablar con Monsieur Durand.

—Ya lo sé. Gracias, hija. Pero no hace falta. De todos modos, le das las gracias de mi parte. Ayer mismo, como estoy tan nerviosa, me fui a verlo. ¿Quieres creer que se acordaba de mí y de mi hija? Aquello me emocionó. No puedo negarlo, soy una sentimental. ¡Qué memoria! Todo arreglado. Por eso yo echaba de menos esta dichosa ciudad. Aquí, en cuanto hablas con alguien, te lo llevas de calle... Pero allá abajo, ¡vaya gente desconfiada! ¿Qué, te gusta mi casa? Ya verás cuando esté terminada. Ahora no te la enseño. Tengo un decorador que es un loco, pero sabiéndolo manejar... Bueno, discúlpame un momento, nena. Voy a retocarme un poco. Vuelvo en seguida. Si no se pone una un poquitín guapa, los aduaneros no te hacen caso. Y yo no quiero que a mi niña le abran las maletas. Que me trae seis botellas de *whisky* y dos faldas escocesas que quitan el hipo.

Cristina se quedó sola. En aquella habitación no había un solo mueble. Sólo un intenso olor a pintura fresca, y aquella silla de barco en la que ella estaba sentada. Se oía el ascensor. Era un ruido sordo. Una especie de zumbido que de pronto paraba en seco. Y minutos después, un timbrazo lejano. Alguien que llamaba a otro departamento. Era un quinto piso. Encima debía de estar la terraza, porque el calor era agobiante. A Cristina le entró sueño y empezó a echar de menos su siesta. Sólo la idea de volver a encontrarse con Alicia la tenía un poco despabilada. Lola regresó con todo un maquillaje. La muchacha la encontró estupenda. Con un vestido ligero de crespón estampado. Y aquel rostro enjuto de mirada viva. De mirada que lo decía todo. Cristina se puso en pie.

—No, mujer. No seas impaciente. Deja que nos traigan el té.

—Pero, Lola, si no vamos a tener tiempo...

—Hay tiempo para todo.

Una mujer, baja, regordeta, activa, se presentó con una bandeja y dos vasos repletos de té.

—¿Le has echado el coñac, Carmen?

—Sí, señora. Lo que no le he puesto es azúcar. Porque entonces no quita la sed...

Lola se lo bebió en un santiamén. De pie. Yendo de un lado para otro.

Cristina se atragantó. Lo encontraba demasiado helado.

—¿No te gusta? Claro. Lo supongo. No tiene buen gusto. Pero refrescante sí que lo es. Donde se ponga esto, que se quiten todas las zarzaparrillas americanas...

—Pero, Lola, con el coñac da calor...

—Bueno, tú porque no estás acostumbrada a beber... —y en cuanto Cristina terminó con su vaso, se puso en pie, imitó a Lola dejándolo en el alféizar de la ventana, y ésta, tomándola de un brazo, exclamó:

—¡Andando!

Al sol las esperaba el coche. Era el coche de siempre. El que Cristina había conocido siendo niña.

—Pero si todavía tienes el Packard.

—Un recuerdo de Elías...

—¿Ya no vive contigo?

—¡Huy, no hace años! Eso se terminó.

—Si vieras la que armó mi madre cuando se enteró que tú vivías con un hombre que no era de tu religión, y que ni siquiera estaba casado contigo...

—No me extraña.

Camino del aeropuerto, Lola no paraba de hablar.

—Yo he sido pobre, Cristina. Muy pobre. Y he pasado hambre. ¿Y sabes lo que te digo? ¡Que antes de volver a aquella pobreza, soy capaz de matar a cualquiera! Tú no sabes lo que era aquello... —La voz de

Lola se torna bronca mientras aprieta el acelerador—. Tu madre no es quién para juzgarme. Sólo Dios puede hacerlo... Y Dios sabe más de nosotros que nadie.

—Ya lo sé, Lola.

—No vayas a creer que por eso yo le tenga antipatía a Isabel. Tu madre es como es porque no puede ser de otra manera. Se ha criado, o la han criado así. Y eso no es culpa de nadie.

Los campos estaban agostados. El cielo era impúdicamente azul. Ni un solo pájaro en el horizonte.

—Enciéndeme este cigarrillo, ¿quieres? Ese mechero que ves ahí, no funciona. No sé si es cosa de la batería... En aquel rincón encontrarás una caja de cerillas.

Cristina obedeció. De perfil, Lola parecía un Borgia. Su conversación envenenaba.

—Elías, antes de casarse con una de las suyas, una tía con mucho dinero y más fea que un demonio, me firmó un cheque. A mí no se me deja en la calle, nena. ¡Buena soy yo! Me planto en la sinagoga y armo la de San Quintín. ¿Y sabes lo que hice? Cogí el traspaso de un hotel. Con eso de la independencia, a muchos franceses empezó a entrarles miedo... Y yo aproveché el sustazo de un matrimonio que regresaba a Francia para quedarme con un hotelito cercano a una playa, bastante mono y bastante discreto. Nada decente como es de suponer. Con la decencia no se vive... Pero llega un momento en que te cansas... Sí. Tengo dinero. He hecho dinero. Y ahora estoy aquí. Y se acabaron los hombres. Puedo vivir de rentas. Y si me da la gana, mañana me planto en la primera Misa y me siento al lado de tu madre. Bueno, no me mires así.

—Si no te miro, Lola.

—¡Anda! Pero si ya hemos llegado...

El auto frenó cerca de un arbusto de hibiscos.

* * *

El avión llegó con una hora de retraso. Lola se había bebido dos *whiskies*. Cristina, media naranjada. Por unos altavoces dijeron algo relacionado con el avión que llegaba de Londres.

—Bueno, cualquiera os cree —protestó Lola.

—Diez minutos... —aclaró Cristina.

—Sí. El tiempo de fumarme otro cigarrillo.

Y fue verdad. Porque no hizo Lola más que aplastarlo contra un pico de la mesa cuando se oyó el ruido de un motor. Cogidas del brazo, salieron fuera.

—Mira... aquélla es Alicia. Ven. Vamos para dentro. No quiero que le abran las maletas.

Y no se las abrieron. Y cuando Alicia vio a Cristina, la reconoció en seguida. Se dieron la mano. Y se observaron con inquietante curiosidad.

—¿Cómo la encuentras? —preguntó la madre a la hija, refiriéndose a Cristina.

—La encuentro muy cambiada.

—¿Y tú, Cristina?

—Los ojos de Alicia son los mismos. Por lo demás, me sigues pareciendo una inglesa...

—Pues el charrán de su padre era español. Y bien español —sentenció Lola.

—Mamá... A veces tú también eras «bien española»...

—Claro, hija. Y a mucha honra.

Ya en el auto, y durante el trayecto, las tres guardaron un inexplicable silencio. El sol estaba demasiado alto. El calor era aplastante.

* * *

—¿Adónde vas, hija?

Isabel se tropezó con Cristina en el vestíbulo. La madre salía de la sala con un libro en la mano. La hija acababa de bajar la escalera.

—De compras...

—¿Tienes dinero?

—Voy a firmar un cheque —explicó Cristina dándose importancia.

—Si te esperas un poco, te vienes conmigo. Papá ha quedado en enviarme al chófer dentro de media hora...

—Lo siento, mamá. Prefiero bajar la cuesta y coger el autobús.

—¿Vas con Alicia?

—Sí, mamá...

—Claro. ¡Cómo no!

Hay un breve silencio. Isabel se entretiene en cambiar de sitio un jarrón con flores.

—¿Y qué tal Lola?

—Muy guapa, mamá.

—En su oficio.

Cristina se muerde los labios.

—¿Y la niña?

—Viene estupenda de Londres. El «oficio» de la madre da para lo que nunca dio el oficio de mi padre.

—¡Cristina!

—Sí, mamá. Estoy harta de tanta mezquindad. Cuando en esta casa se habla del esplendor de los Cardovan, yo me parto de risa.

—Yo también. Eso del esplendor fue una locura de tu abuela... y de alguien más. Los megalómanos de la familia. Aquí nunca ha habido un céntimo. Pero eso no te da ningún derecho a hablar de ese modo...

—Lo siento, mamá.

—Es posible. Pero siempre estás dispuesta a decir cosas que hacen daño.

—Hasta luego.

—Almorzamos a la una, Cristina.

Cristina, al salir, acaricia la cabeza de un gato medio adormilado.

* * *

Alicia, en combinación, tumbada en la cama, lee. Su cuerpo es de una sorprendente madurez. Cristina se queda parada en el umbral de la alcoba.

—Pasa... Mira cómo me pillas. No aguanto el calor.

—¿Qué lees?

—Serie negra. *Orquídeas para Miss Blandish.*

—Es un horror.

—A mí me encantan. Son tan indecentes...

—¡Vístete!

—¿Por qué?

—Porque es tarde. Si quieres matricularte... Hoy es el último día.

—Pues es verdad... He pasado una noche malísima. He estado un mes en Inglaterra, y ahora no me acostumbro al clima de aquí.

—Te espero en el salón...

—No seas idiota.

—Es que...

—Anda, ayúdame a vestirme.

Alicia abre un armario.

—Tienes muchos vestidos...

—Sí. ¿Y tú?

—Un espanto. Lo que ya no le gusta a mamá... Me lo arreglan.

—No me digas. Pues yo siempre creí que teníais mucho dinero.

—Sí. Yo también. Los negocios de mi padre van de mal en peor.

Alicia coge un vestido de vichy celeste.

—¿Qué tal anda el colegio de chicos?

—No sé.

—Mujer... —se sorprende Alicia—. No me digas que no te has enamorado de ninguno...

—Pues no...

—Tú no eres normal.

Cristina termina por echarse a reír.

—¿Por qué te ríes?

—Porque estoy harta de que me digan siempre lo mismo. Yo odio el colegio, Alicia. Y en cuanto a los compañeros de clase, la verdad, los encuentro francamente insoportables.

—Ya verás este curso. Lo vamos a pasar bomba.

—¿Tú crees?

—De eso me encargo yo.

—¿Y tú?

—Me enamoro de todos los hombres. A condición de que sean guapos.

—Eres una loca...

—Eso dice mamá. Pero ella no es quién para dar ejemplo. Las mujeres estamos para eso...

—Sí, claro. Pero yo a veces pienso que hay cosas más importantes.

—¿Qué cosas?

—No lo sé.

Alicia se peina frente al espejo de un tocador.

—Anda, vamos. ¿No te bañas?

—No. Mamá detesta la playa. Me he pasado todo el verano en la casa.

—Cristina, eres una aburrida. En cuanto terminemos lo de la inscripción vamos a la playa las dos.

—Tengo que estar en casa a la una.

—Telefoneas...

—Sí. Tienes razón. Ya estoy harta.

—¿Has traído bañador?

—No. ¿Cómo iba a traerlo?

—Yo te presto uno de los míos.

—¿Y tu madre?

—En casa del decorador. Lo trae de cabeza. Ahora quiere cambiar la tapicería del comedor.

—Tu madre es estupenda.

—¿Tú crees?

1957

ALICIA TIENE EN SU CUARTO —en lugar preferente— una amplísima fotografía de James Dean.

—¿A quién se parece?

—No lo sé —contestó Cristina un poco cansada. Ambas estudian juntas y preparan sus ejercicios para unos próximos exámenes. En la casa de Lola la calefacción funciona de maravilla. Allá en el Monte, a Cristina se le suelen quedar los pies fríos en cuanto se encierra en su alcoba a estudiar. Y la estufa de petróleo tira tan mal, que rara es la noche que no termina con dolor de cabeza. En cuanto hay un día de fiesta, o es domingo, telefonea a su amiga y se encierran las dos a estudiar juntas. Alicia es inteligente, pero distraída y vaga como nadie. Sólo la presencia de Cristina, su seriedad y su sentido común la incitan a coger un libro.

—No me distraigas, mujer.

—Deja eso. Vamos a descansar un rato.

—No. Te he dicho que hasta las cinco no hay nada que hacer. ¿Has terminado el problema?

—No... Es un embrollo.

—Pero si está muy claro, mujer.

—Odio las ecuaciones. Las odio con toda mi alma.

—Bueno, está bien. Descansa un rato. Abre esa ventana, que entre un poco de aire. Aquí vamos a asfixiarnos.

—¡Qué graciosa! Para que cojamos una pulmonía... Bueno: ¿a quién se parece?

Cristina observa sin detenimiento la foto del actor.

—No tengo ni idea...

—A Claude...

—¿A Claude?

—Sí, chica. Al mayor de los Brunot.

Desde que a principios de año —y están ya en febrero— llegaron al colegio los hermanos Brunot, las alumnas se cambian de vestido tres veces al día. Pero en ese pugilato de estúpida coquetería quien se lleva la palma es Alicia. Ha salido con los dos. Primero con el pequeño —quince años— «que de puro tonto es imbécil», según definición de Cristina. Y ahora, sólo hace dos días, lo ha cambiado por el mayor. Un año más. Dieciséis. Que por lo visto vive de los éxitos que le produce eso de parecerse a James Dean, y anda despertando a altas horas de la noche a todos los habitantes de la ciudad con el ruido que produce su furiosa motocicleta. A Lola, los éxitos amorosos de su hija la sacan de quicio.

—Mira que ese gamberro... Como vuelvas otra noche tarde y subida en este jaco infernal, te lo juro, Alicia, te doy un par de bofetadas que te van a durar toda la vida.

Pero Alicie se ríe.

—Ésta es una fresca, Cristina —se queja Lola—. Si supiera ella lo grave que es eso de jugar con fuego... Y que no me he sacrificado yo para que ahora me salga la cría respondona. Para botón basta con una muestra. ¿No te parece?

Cristina asiente. Pero en el fondo no se entera de nada de lo que dice Lola. Está pensando en otra cosa. Siempre le ocurre lo mismo. En su casa del Monte. Y es que ella, en la ciudad, se siente descentrada. Como gallina en corral ajeno.

—Cristina es muy seria —afirma Lola—. Así debieras ser tú...

—Demasiado —confiesa Alicia.

—Es mi carácter. Y no me hace ninguna gracia. Yo desearía ser como los demás...

—Ésta sale a su padre. Vaya un tío loco...

Meriendan con Lola en la misma habitación de Alicia.

—En cuanto aprobemos este examen, si lo apruebo, doy un guateque. ¿De acuerdo, mamá?

—Haz lo que quieras. Tú ya sabes que dentro de tres días me voy a Casablanca para ver cómo andan mis asuntos. Ya me encargaré yo de dejar la casa bien barrida. ¡Cualquiera se fía de los niños de ahora!

* * *

—¿Te gusta? —pregunta Cristina.

Isabel, que está tumbada cerca de la chimenea, aterida de frío, alza la vista:

—¿Qué es eso?

—Un vestido. Mira...

La madre acaricia la tela.

—Te estás gastando todo el dinero que te regaló Daisy.

—No. Esto era imprescindible. Todos los que tengo son arreglos tuyos...

—A tu edad comprarte un vestido es un crimen. Todavía estás creciendo. Y además, ¿para qué lo quieres? En esta dichosa ciudad la gente joven no tiene donde ir.

El color salmón sienta bien a Cristina.

—Pero con esto te vas a helar de frío... Además, lo encuentro osado para tus años. Osado y ostentoso. Una chica de tu edad no lleva ese escote...

—Es para una fiesta.

—Ya me lo figuraba yo. En casa de Lola, ¿no?

—Pues sí. Alicia ha aprobado los exámenes.

—Seguro. Si te has pasado todo el tiempo ayudándola a que saliera con éxito de ellos...

—Yo no he hecho más que explicarle...

—¿Y Lola forma parte de vuestra pandilla?

—¡Por Dios, mamá! Lola está en Casablanca.

—¿Y vosotras solas vais a organizar una fiestecita? Eso será sin el consentimiento de Lola.

—Al contrario: aprobado.

—Bueno, de tal palo tal astilla. Pues me parece que tú vas a quedarte sin ir.

Cristina no responde. Espera que llegue su padre. Con él se entiende mejor.

1958

HAY UN DAUPHINE de color guinda aparcado a la sombra de un viejo pino, cerca de la terraza. Los gatos, que toman el sol, se levantan al paso de Cristina y la siguen entusiasmados hasta la puerta ventana. Alguien ha llegado. Consuelo lo tiene todo abierto. Todo está lleno de luz. Es una de sus manías. «Que entre la luz», dice con frecuencia. Como si tuviera miedo a la noche. Como si de pequeña la hubieran encerrado en un cuarto oscuro. Todo lo contrario de Isabel, que adora la estudiada penumbra para presumir de «terribles jaquecas». Cristina descubre al visitante sentado en la butaca de su madre. Cuando ella se acerca, él se pone en pie y deja caer sobre una mesita un número atrasado del *Life*.

Dice algo. Algo que Cristina no oye. Cristina no oye nunca las primeras palabras. Luego, la voz del hombre pregunta:

—¿No te acuerdas de mí?

Y entonces la muchacha se fija, sin querer, en las manos, y sin venir a cuento le late el corazón con violencia.

—Sí...

—Quería saludar a tus padres. Por lo visto andan

fuera —al decir esto el hombre esconde las manos en los bolsillos del pantalón, y como está de pie, comienza a dar zancadas y termina deteniéndose frente a una de las puertas, mientras clava asombrado su mirada en la pandilla de gatos que, apostados en el umbral, no se atreven a entrar.

—¿Te acuerdas de la bofetada?

—Claro...

El hombre se vuelve y se apoya con indolencia en el respaldo de un sillón.

—Estás hecha una mujer.

Cristina sonríe.

—¿Por qué no te quedas a almorzar? —invita mientras acaricia el lomo de un libro.

El hombre guarda silencio. Cristina se impacienta.

—Me parece estupendo —exclama. Y al decir esto examina con detenimiento a la muchacha—. Sugiero —añade— que lo mejor sería irnos a almorzar a cualquier playa. ¿Qué te parece? ¿Crees que te dejarán?

—Mis padres están fuera... Ya lo sabes. Puedo hacer lo que quiera. Subo a cambiarme de vestido.

—Está bien. ¿Dónde tienes el teléfono?

—Allí —indica Cristina hacia un rincón de la sala. Un vago rincón de la sala que Consuelo ha inundado de flores.

Ya cerca de la puerta que lleva al vestíbulo, Cristina se vuelve:

—Oye...

—¿Qué?

—¿Cómo te llamas?

—Andrés. ¿Y tú?

—Cristina.

* * *

No sabe qué ponerse. Le entran ganas de llorar. Todos sus vestidos le parecen viejos o cursis. Elige uno sencillo, ligero y claro, que se ha puesto muy pocas veces porque le está estrecho. Y unas sandalias de cabritilla blanca. Al fin y al cabo, a ella lo que le importa de Andrés son sus manos. Al pasar frente a un espejo, se mira y hace un gesto. Un gesto que no es suyo. Un gesto que Alicia hacía con frecuencia.

Cuando entra en la sala, el visitante se pone de pie.

—¿Lista?

—Sí...

—Pues, ¡hala!, a conquistar el mundo...

Y tomándola de un brazo, la lleva hasta el auto que se esconde del sol y parece que tiene hambre de adelfas, como si fuera un caballo de mucha categoría.

Ya en el coche, Cristina descubre que Andrés no es un muchacho. Que es distinto a David. Lleva un polo verde y unos pantalones de verano color de mostaza.

—¿Haces deporte?

—Sí. Tenis. Y cuando tengo tiempo voy a un gimnasio.

—¿Cuántos años tienes?

—Treinta... ¿Te parezco mayor?

—No...

El hombre se echa a reír.

—Pero no soy tu tipo... vamos.

—No es eso.

—¿Ah, no? ¡Qué interesante!

Cristina se enfada.

—No soporto que me hablen con ironía. No soy una niña.

Andrés frena bruscamente y toma con el pulgar la barbilla de la muchacha, observándola con cierta gravedad:

—No. Ya no eres una niña... Y eso es peligroso.

—Peligroso, ¿por qué? ¿Crees acaso que no he salido con ningún hombre?

En lo provocativo de su tono Cristina descubre aterrorizada la voz de Alicia.

Andrés enciende un cigarrillo y vuelve a poner en marcha el auto.

—Me tomas por una niña tonta de buena familia...

—¿Qué llevas en esa bolsa? —inquiere Andrés, intentando llevar la conversación por otros derroteros.

Cristina se exaspera.

—El bañador, la toalla, un tarro de crema y un libro.

Andrés conecta la radio.

—¿Todo eso se necesita para bañarse?

—Yo al menos, sí.

—Pues yo ni siquiera necesito bañador.

—No me extraña...

Permanecen callados unos minutos. A Cristina, la música que lanza la radio quiere recordarle algo. No sabe qué.

—¿Amigos? —pregunta Andrés.

—Amigos... —acepta Cristina.

—¿Sabes una cosa?

—No.

—Que por aquí no sé adónde vamos...

—Yo sí lo sé. Vamos al «Robinson».

—¿Por dónde cae eso?

—De momento, sigue. Ya te indicaré yo el camino.

—De acuerdo. ¿Y qué tal es?

—Es un sitio tranquilo.

—¿A ti te gustan los sitios tranquilos?

—Sí.

Andrés se ha colocado unas gafas oscuras.

—¿Cómo se llama eso? —quiere saber Cristina.

—¿Qué?

—Eso que están tocando.

—No lo sé.

—¡Ah ya está! Se llama «Skokian» —afirma Cristina—. «Fue lo que tocaron en la fiesta de Alicia... Tengo que ver a Lola. Tengo que verla antes de que vuelva mamá... Tengo que contarle...»

—¿En qué piensas, Cristina?

—En nada.

1957

—¿Dónde está Cristina? —oyó preguntar a alguien. A una compañera. Luego pusieron en el «pic-up» «Skokian» y una pareja protestó:

—Deja eso...

—¿Esto?

—No. Lo que estaba puesto antes.

—Es muy lento...

Se había encerrado por dentro en una especie de cuarto trasero. Lo estaba pasando mal. No soportaba el contemplar a Alicia, una Alicia de ojos extraviados y andares indecisos, convertida en la presa de aquellos infelices. De aquellos sinvergüenzas, mejor. Los hermanos Brunot, que le manoseaban todo el cuerpo, mientras cambiaban besos obscenos. Allí, en aquel cuarto lleno de estanterías con cajas de galletas, saquitos de arroz y tarros de confitura, botellas insecticidas, novelas baratas y yo que sé cuantas cosas más, se sentía protegida. Protegida no sabía por qué. Ella no temía los avances de aquellos gamberros. Se hubiera enredado a patadas. Se sentía protegida sencillamente contra un aspecto de la vida que siempre le había asqueado. Era el lado animal del hombre. El lado animal de la mujer. Aquella habitación-armario era para ella eso:

un armario a su medida. Como aquel en que solía refugiarse de pequeña. Sólo que aquél olía a ropa recién planchada, y éste a canela. Una cucaracha descansaba sobre el borde de una lata de Ovomaltine. Se subió en un cajón lleno de botes de leche condensada, y miró por una especie de ojo de buey. Se veía la parte trasera de un edificio vecino. Eran las galerías. En una de ellas, una mujer de edad, con un delantal blanco, muy pulcro, sentada en una silla, molía café. En el piso más bajo, un niño muy pequeño jugaba con una locomotora de plástico. Se veía un trozo de carretera. Y el muro de un chalet. Pasó una pareja de novios. Gente modesta. Él todavía llevaba un mono. Ella lo agarraba por la cintura. Parecían verdaderamente felices. Una mujer enlutada con un niño de unos cuatro años de la mano, se puso a gritar. El niño lloraba con todas sus fuerzas.

—¡Te he dicho que no, ea!

El muchacho se libraba de los brazos de la novia, cogía al pequeño y lo alzaba hasta el muro. Era el muro de una villa de gente rica. El niñito robaba una flor.

—¿Qué, ya estás contento?

—Se ha molestado usted... —decía la madre—. A los críos no hay que hacerles mucho caso. Gracias, hijo.

El muchacho volvía a la novia. El niño cogía la mano de su madre y la miraba extasiado. Parecía feliz. En la otra llevaba la flor, bamboleándola. Era una flor roja, y parecía de lejos una señorita antigua subida en un columpio. Cristina era feliz. Estuvo mucho tiempo ensimismada pensando en aquella escena. Casi se había hecho de noche. Luego oyó gritar. Daban con los nudillos en la puerta del cuarto trasero.

—¿Estás ahí, Cristina? Abre, por favor, te lo ruego... —era una voz de chica. Una voz sollozante. Cristina abría furiosa.

—¿Qué quieres?

Era Mary. Una chica bajita, retozona, a la que le gustaban las bromas fuertes. Aparecía pálida y asustada.

—Alicia se ha encerrado en el cuarto de baño con esos dos... Yo quiero irme a mi casa. Estoy borracha. Luego me quieren llevar a mí... Por lo menos hay tres en el cuarto de baño.

—¡Imbécil!

Cristina se lanzó al pasillo. Buscó la puerta del cuarto de baño. Estaba cerrada. Se oía la ducha. Y gritos que eran como de risa o de dolor. Cristina sintió un vértigo. Empezó a dar patadas en la puerta. Y uno de los hermanos Brunot la abrió. Estaba desnudo. Y agarró a Cristina por un brazo, intentando atraerla hacia el interior.

—*Viens, ma chère, on va s'amuser...*

Cristina se debatió con toda su fuerza. Ella estaba lúcida. Podía gritar. Mary se había ido a la calle. Cristina gritó. El menor de los Brunot la rechazó de un violento empujón y volvió a cerrar la puerta. Se dio un golpe en la cabeza. Pero ni siquiera le dolió. Se lo había dado contra el marco de un cuadro. Una reproducción de Watteau.

Sin saber cómo, se encontró en la calle. Mary había ido a telefonear que mandaran un taxi. Cristina, sin haber bebido nada, vomitó.

1958

En «Robinson» no había nadie. Al menos, eso le pareció a Cristina al entrar.

—¿Nos bañamos ahora? —preguntó Andrés.

—No. Yo prefiero hacerlo a la tarde —confesó ella—. Ahora quiero comer...

—Yo no puedo resistir la tentación. Ese mar es tentador como una sirena. Tómate un aperitivo. Yo vuelvo ahora.

—Eres un grosero. Eso no se hace con una mujer...

—Tú no eres una mujer.

—¿No?

—No. Tú eres una niña.

—Dame un cigarrillo...

—Ahí tienes el paquete. Ahora vuelvo. Y no fumes mucho.

Cristina tomó un cigarrillo y al encenderlo alzó la vista. Se había sentado en una mesa cerca de la cristalera. En la mesa del fondo descubrió a David. Estaba con una mujer que llevaba un inmenso sombrero de rafia, ocultándole el cuello. La mujer estaba sentada de espaldas. Cristina no supo qué hacer. El muchacho en cuanto la vio, le hizo una seña cariñosa con la mano a guisa de saludo. Pero la mujer no se volvió. «El potrillo ha encontrado una buena mula», pensó cómicamente Cristina. El camarero se acercó a la mesa.

—¿Se queda a almorzar?

—Sí. Pero almorzaremos un poco más tarde.

—¿No viene sola?

—No, somos dos. Tráigame un *whisky*, ¿quiere?

La mujer del sombrero de rafia se levantó y, siempre dándole la espalda a Cristina, fue hasta un *juke-box* y puso un disco. Tenía unas caderas anchas. De buena paridora.

1957

Finalizaba junio. Era el período de exámenes. Hacía un calor espantoso. Los exámenes eran escritos. En la clase de Historia, Cristina intentó sentarse junto a Alicia. De un tiempo a esta parte se había enfriado aquella amistad. Los Brunot habían desaparecido meses atrás. Un amigo de ellos les dijo a las chicas que estaban en Caracas.

—¿Qué hay, Alicia?

Nadie había vuelto a hablar del famoso guateque.

—Estoy muy cansada... —contestó la hija de Lola, levantándose para entregar su ejercicio.

Cristina quiso agarrarla de un brazo, porque había presentido algo. No sabía qué. Pero todo fue demasiado rápido. Alicia cayó al suelo bruscamente. Cuando la levantaron, le sangraba la nariz. Estaba desvanecida.

La llevaron a la enfermería. Durante los veinte minutos de descanso se formó un corro en torno a Mary.

—No me digas... —exclamaban algunas, horrorizadas. Los muchachos se miraban intercambiándose guiños. Cristina, al principio, no comprendió nada. Fue Mary quien se lo aclaró.

—Está encinta. Va a tener un hijo... De buena nos libramos, Cristina.

Cristina se marchó sin examinarse de Ciencias. En su casa almorzó de mala gana. Isabel protestó:

—Pero ¿qué te ocurre? Estos días atrás tenías un hambre de lobo...

—Son los exámenes, mujer. Y este dichoso calor capaz de quitarle el apetito a un oso.

Llamaron al teléfono. Zohra entró en el comedor, que era la sala, el salón y cuarto de estar a la vez.

—Es para usted, señora.

—¿Quién es?

—Una señora...

—Bueno. Otra vez preguntas el nombre, Zohra.

Cristina terminó de mondar un plátano. Isabel volvía al cabo de un rato con el rostro descompuesto:

—Julio... Tengo que hablar contigo.

—Dime...

—No. Aquí no.

—En el despacho hace mucho calor.

—Cristina, haz el favor de subir a tu cuarto.

Aquella tarde la llevaron a un médico. Todo ruego resultó inútil. No creyeron en su palabra. El interrogatorio de Isabel fue de lo más desquiciado. Nunca se sintió más humillada, ni más incomprendida, ni más sola.

* * *

Cristina, a medianoche, llamó a casa de Lola para charlar con Alicia. Era una conversación telefónica concertada.

—¿Cómo estás, Alicia?

—Muy rara. Oye... ¿Será verdad eso que dan pataditas?

—Pero ¿tú qué sientes?

—No lo sé. Una especie de bienestar.

—¡Qué locura! ¿Y qué dice tu madre?

—Ahora se le ha pasado. Ya sólo me llama burra.

—¿Quieres que vaya mañana a verte? Salgo con papá a comprarme unos zapatos. Desde la oficina es más fácil escapar a la vigilancia de mi madre.

—Oye... ¿Sabes lo que se me ha ocurrido?

—Alguna burrada...

—Si es niña, se llamará Cristina. Y si es chico... Jaime. Como James.

—Estás loca...

—No. No estoy loca...

—Cuelgo, Alicia. Mi madre ha encendido la luz de su cuarto. Hasta mañana.

Y colgó.

1958

CRISTINA, DESNUDA, en una cama extraña, con un colchón demasiado duro. Andrés en el cuarto de baño, terminando de vestirse. Cristina fuma un cigarrillo.

—¿Estás arrepentida? —preguntó el hombre desde el cuarto de aseo.

—No... Como experiencia es mucho menos importante de lo que yo creía.

«Ahora no tendrán necesidad de llevarme a ningún médico», pensaba mientras daba una intensa chupada al cigarrillo.

Aquella misma tarde, después de acompañar a Andrés por la ciudad, le pidió que la dejara a la puerta de la casa de Lola. Sentía un dolor muscular en las piernas y un cansancio molesto en todo su cuerpo. Fue Lola la que le abrió la puerta.

—¡Cristina!

—¿Qué hay, Lola? No he podido venir a verte antes. En el fondo, he sido demasiado cobarde...

—Todos somos demasiado cobardes, hija.

—¿Qué estás embalando?

—Sí, me marcho. Me voy a Londres, con una prima. Me lo llevo todo.

—¿Cómo fue?

—Fatal...

La puerta de la alcoba de Alicia estaba cerrada.

—Si tú quieres llevarte algo... Ella siempre sintió por ti, no voy a decir afecto: mi hija era muy fría. Pero un poquitín de respeto...

—No, deja. No abras, Lola. Es mejor así.

—Tienes mala cara. Te ha dado mucho el sol.

—Estoy muy cansada.

—¿No quieres tomar nada?

—No, gracias.

—¡Quédate un rato conmigo, Cristina! No te marches. No quiero quedarme sola en esta casa.

Era la primera vez que Lola se mostraba indefensa.

—¡Qué de locuras hacemos en este mundo!

Cristina pensaba en la casa del Monte. En su madre. A su regreso ya no tendría por qué reprocharle su indiferencia. «No te sientes interesada por nada. No tienes avidez. Eres de una apatía indecente.» Ya no. Ahora tendría muchas cosas en qué pensar. En el proceso de un acto verdaderamente estúpido. Mecánico. Puramente animal.

Viviría día por día las inquietudes y las esperanzas de Alicia. Y quién sabe si ella también terminaría allá abajo, pudriéndose a la sombra de un eucalipto o de un ciprés.

—Acabo de hacer una tontería —declaró en voz alta.

—¿Qué has hecho, hija? —quiso saber Lola.

Pero Cristina se contuvo:

—Nada. Tomar demasiado sol. Ahora me duele toda la espalda. Voy a pasar una noche horrible.

«Mañana no llamaré a Andrés. No lo recibiré.»

Para Cristina, las manos de aquel hombre habían desaparecido. Habían terminado por convertirse en una trampa descarnada.

—Voy a pedir un taxi. Me duele mucho la cabeza.

—Ahí tienes el teléfono. Ven por aquí antes de que me marche. ¿Y tu madre?

—En Madrid. No anda muy buena.

—Hasta pronto, Cristina.

Cristina ha llamado a un taxi y lo espera abajo. En la puerta.

* * *

El taxi tarda. El sol ha descendido ya y la temperatura se ha hecho más soportable. Pasan unos niños que vuelven de la playa, con pelotas de goma, comiendo helados. Luego una mujer con un perro. Una endeble mujer arrastrada con furia por un dogo alemán. Para Cristina, todo tiene importancia aquella tarde. Una importancia distinta. Una importancia triste. Vacía. De explicación no pedida. Cada transeúnte es para la muchacha un enigma. Un enigma sin brillo y sin misterio. Cada gesto, cada movimiento de aquellos desconocidos que se cruzan en su camino, tiene un significado.

Cuando llega el taxi, el chófer grita:

—¿Adónde, señorita?

—Al Monte... —y al pronunciar aquella palabra siente un breve escalofrío. Una irritante culpabilidad.

* * *

Consuelo está sentada en la sala, terminando de bordar el famoso jardín inglés para una bolsa.

—¿He tardado mucho? —pregunta intentando impregnar a su voz de una imposible naturalidad.

—Bastante. Ahora mismo preparo la cena...

—No tengo ganas de comer. Lo que tengo es sed.

—Vienes como un tomate. Habrás hecho locuras.

—No.

—¿No subes a tu cuarto?

—No. Quiero sentarme aquí. En la butaca de mi madre. Estoy muy cansada.

—¿No te desnudas?

—Luego. Más tarde.

—Traes una cara... Parece como si te hubieran dado una paliza.

—La playa cansa mucho.

—¿Y el chico?

—No era un chico.

—¿Se fue?

—No. Probablemente vendrá mañana a buscarme. Le dices que no estoy en casa.

—Ya estás tú con tus rarezas. —Consuelo se pone de pie—: Mira. Me olvidaba. Ahí tienes un telegrama. Hace media hora que ha llegado. Yo no he querido abrirlo... Sabía que ibas a venir de un momento a otro.

Sobre una consola está el papel azul. Cristina lo abre. Lo lee:

«Mamá murió ayer. Regresaré lunes. Un abrazo muy fuerte. Tu padre.»

Para Cristina es como si alguien hubiera apagado una luz. Como si ya estuviera condenada a vivir en la noche. A caminar a lo largo de un intrincado túnel. Sin saber por qué, presiente que Dios no debe de andar muy lejos.